理想と妄想と現実と
燃えよ乙女のDelusions

愛羅 ゆうや
Aira Yuya

文芸社

理想と妄想と現実と

燃えよ乙女のDelusions

1

七月十三日晴れ。

今日から夏休みです。全日制に比べると少し早いけど、それが通信制の特権ですよね。今日から私は、九月のテスト月間に向けたレポート提出と、小説や作詞の製作に追われます。誰に急かされているというわけじゃないですけど……。でもこの夏には小説を一本書きたいです。そういえば今日はママと近所のスーパーに行ってきました。野菜とお肉が安いので、案の定野菜とお肉を一杯買ってきました。パパと弟の高也がお肉好きだから良かったです。でも私はあんまり好きじゃないからなぁ。あと病院で先生が『鳥と僕』を〝難しいけど面白いね〟と言ってくれました。嬉しい。とにかくこの夏はダイエットと素敵な相手を見つけることに専念します（さっきレポートと小説って言ったけど……）。ではでは今日はこの辺で。

理沙

パソコンに日記を書き終えると一息ついて、私はその文章を読み返した。

うん。間違ったところはない。

このパソコンは二〇〇一年の、私が全日制高校一年の七月に、入学祝に買ってもらったものだ。私はパソコンのワープロ機能が欲しくて欲しくてたまらなかったから、すごく嬉しかった。だがその反面、金銭的に両親に無理させてるんじゃないか、不安でもあった。

私は私立の全日制高校を一年の時の一月三十一日に退学している。その後、同年の四月に通信制の運乱高校に通いだした。運乱高校は全日制と通信制を、通信制は二週間に一回のペースでスクーリングという登校日が設けられている。私はこの区域にある通信制高校のうち、一番スクーリングが少なかったこの運乱高校を選んだ。それは単に私が不精者だったから、というわけではない。確かにスクーリングは少ない方がいいにこしたことはないが、それだけで決めるほど私も余裕があったわけじゃなかった。あの頃の私は余裕なんて、なかった。

そこまで思い出して私は「フゥ」と息をついた。考え事をするのは嫌いじゃない。むしろボーッと好きなことを考えるのは好きだ。特に妄想なんて趣味なんじゃないかというほど、する。

誰かと誰かが付き合っている。その噂を聞けばあれやこれやと詮索して小説の材料にする。それは主に芸能人の話題なのだが、時に同性愛まで考えるほど私の妄想は膨らんでいった。主に男同士だが——自分が女だからか、それしかしない——自分と違う生き物には興味がある。

そこで私は去年〝異恋愛〟をテーマに短編小説を五話書いた。そのうちの二話が、同性愛がテーマだ。主人と人造人間の恋の話。海で溺れ死んだ男が猫になって恋人の男の元に訪れる話。他三つは同性愛ではないが、未熟な天使が倖《しあわ》せをもたらすために少女の元へ行くがその少女に恋してしまい……という話と、無声夢の予知夢を見た少女が心臓病で倒れる少年の元に駆けつける話。それとバラバラのパーツから紡がれて造られた男の子とその指の友達であった少年との交流の話。

どれも最後にはどんでん返しが待っている。どれも自信作であった。これを誰かに伝えたい。出来れば自費出版でない本の形にして世の中に売り出したい。あわよくばそれが大ヒットしてくれたら……なんてことも妄想で考えている。まずは誰か読んでくれる人を探さないと。

私はワープロからネットに切り替えて検索をした。キーワード「出版社」と。

すると多くの出版社の名前がずらずらと出てくる。その中で一つ、「マゼラン書房」という名前を見付けた。何だか聞いたことのあるようなないような名前である。私は気になってそこをクリックした。途端に溢れ出すのは絵本の世界。その出版社は、子供向けの絵本を主に制作している会社らしかった。

まぁいいや。

大人向けの絵本も書いていたから、それを読んでもらおう。『鳥と僕』『森と僕』『牢獄と僕』という話だ。どれも一話完結で「僕」が自分の何たるかに気づいていくストーリーだった。

漢字が難しいのと言葉が難しいのとで、已《や》むなく大人向けになった絵本の原案達である。私は絵が描けなかったから、原案しか作ることが出来なかったのだ。

中学からの友達に、絵が描ける友達が二人いる。だが一方はオカルトで、一方はメールを送っても返ってこなくなってしまっていた。私はその友達を「親友」だと思っていた。確かに全日制一年生の時には夏休みに互いの家に行き来していたのだが、それもなくなり、今では何のやりとりもない。忙しいのだ。その友達、真実ちゃんは部活と委員会で確かに忙しかった。今年三年生の真実ちゃんは委員長になったということで、その忙しさは極みに達し、帰りは夜の九時になるのもざらではないということだった。

忙しいのだ。分かっている。だからしょうがない。だがそれでも私は残念で仕方なかった。

それを思いながらメールの宛先をサイト内で探す。掲示板は見つかったがメールはない。仕方なく掲示板を読んでいるとその記録は六月で最後だった。六月から何の更新もしていないのか。あまり当てになる出版社ではないかもしれない。それでも気になったのは運の尽き、と理沙はメールのアドレスを探した。

あっ、あった。

下の方に小さく「メールはこちら」と書いてある。その「メールはこちら」をクリックすると、出てきたメール画面にうーんと唸った。なんて書こう。丁寧《ていねい》かつ失礼なく書くにはどんな言葉がいいだろうか。そして思いついたことを、つらつら書いてみた。


「突然のメール、申し訳ありません。私は通信制高校二年十七歳、愛羅ゆうやこと大岡理沙と申します。実は私の作った絵本の原案を読んで欲しいのです。私の作ったそれは子供向けの原案ではなく今流行っている大人向けのものです。絵は描いていません。誰か描いて下さる方がいればその方にお願いしたいと思っております。

もし、このメールに何か感じ取るものがありましたら嬉しいです。では。

大岡」


これで良いか。

早速、「送信」ボタンをクリックして、メールを送ってみた。

無事に届きますように。そして返事が来ますように。

そして、インターネットの画面を閉じた。そしてパソコンの電源を落とす。ミニコンポの時計を見ると夜の十一時だった。

もう寝よう。

私は、ママが一〇〇円ショップで買ってきてくれた、一週間分の薬が一日ごとに収納できるピルケースの〝BED〟から睡眠薬を取り出すとそれを飲みにリビングへと出た。そして台所へと行くと、コップに水を注いでその一錠をグッと飲み干す。パパはいつもリビングのソファベッドで寝ていた。ママはリビングから通じる和室で寝ている。一歳違いの、私が早生まれのせいで出来た学年が二年違いの弟は、リビングから通じる洋室で個人部屋を持っている。

自分の部屋に戻ると、いつもは知れない自分の香りがした。それが妙に恥ずかしくて、バイト代で買った赤いベッドの、赤いカバーで覆われた布団に躰《からだ》を埋《うず》めた。薬を飲んでもすぐに眠気が訪れるわけではなかったが、必死に黒い枕に頭を埋める。そして今夜もまた妄想が始まる。

Delusions Part 1

それは、一年と半年前の出来事である。

真夜中、――十二時を過ぎた頃だろうか――ふいに目が覚めて、私は見慣れた部屋をベッドに横たわりながらグルッと見渡した。何も代わり映えのしないモノ達。この躰中の傷痕もだんだんと見慣れたモノへと変わっていく。年月とはそういうものであった。

ふいに窓の外が気になって、ブラインド越しに空を見上げた。多分そのブラインドを取っ払えば、綺麗な満月が照っているのだろう。今日はそんな日だった。隣の部屋、リビングでは義理の父が眠っている。そこから通じる和室では実の母が眠っていた。ふいに光が漏れた。何だろうと目を凝らす。するとそこから、おぼろげながら人のそれが浮かび上がってきた。

何だ?

私は眉根を寄せながらそれを凝視する。ふいにベッドサイドにある小さなテーブルに置いてある眼鏡を手にした。私は視力が相当悪かった。それは生まれついてのモノだ。

異端の子。

私の脳裏からそれが離れることはない。

「貴女さえ生まれなければ……」

「貴女の眼が青くさえなければ、私は貴女を愛してあげられたのにね」

若かった母の言葉が胸に木霊する。この黒い髪と青い眼。それは呪いの証だろうか。

愛してもいない私の実の父親にレイプされ生まれた私は、望まれてもいない子供だった。外国人だった父親は、典型的な外見で金色の髪に青い眼を持つ美しい青年だったらしい。

私が幼稚園を卒園するまでは、母と結婚し一緒に暮らしていた。だが父は私を愛そうとはしなかった。父は黒髪で黒い瞳の「日本人」が好きだったのだ。私は父に好かれるため何だってした。必死に英語を覚え、父の言葉の隅々まで聞き取った。だがそこから零《こぼ》れる言葉は私の理解に反していた。

「お前さえ生まれなければな」

父と母との間にはもう一人子供がいる。

私の弟にあたるその少年は父の理想どおりの外見で、父と母に好かれていた。私は名前さえ知らない。それは私が知ろうともしなかったからだろうか。それとも知らない方が良かったからなのだろうか。私は知りたいとも望まなかったし、それ以上も以下のことも興味がなかった。いや、削がれたのかもしれない。それ以上の興味をなくすことで、私は自分の呪縛から逃れていたのかもしれない。

ふいにその光が止んだ。私は思想をその光に戻して眼鏡をかけると、その光の中を睨んだ。

「おいおい、此処《ここ》はどうなってんだ?」

「ラスボスさんを倒したら突然光に包まれたんですもんね」

「何かの部屋らしいな」

「これも敵方の送迎なの？」

光から浮かび上がった人物は四人いるらしい。私はそれだけ判断して、まだその光の内部を見つめている。

その中の一人がカチャッと何かを片手に用意した。それを私は勘で拳銃だと判断する。

「誰かがいるらしいな」

その銃を持った男が私の姿を確認したらしい。真っ直ぐその銃口を私に向けていた。

「……おい」

私は四人に声をかけた。四人が身構えるのが分かる。

「お前ら、何者だ？」

私はたったそれだけの疑問を四人に押し付けて、銃口の先にあるはずの男の瞳を見た。どこか見覚えがある。

「……そういうお前は誰だ？」

銃を持った男が、銃を身構えたまま問い掛けてきた。

「……愛羅ゆうや。本名、大岡理沙。……お前らの原作者だ」

四人は一瞬呆けた表情をした。何分暗い部屋だから表情なんて計り知れないのだが。私は確信した。この瞳は知っている。私が描く祐樹と寸分違いはなかった。この奇抜な格好も――間違いない。

「原作者ってどういう意味でしょう？」

蝶理《ちょうり》が丁重にこちらへ聞いてくる。

「そういう意味だ」

私は布団を避けながら起き上がると、まじまじと四人の顔を見た。暗いがよく分かる。私が四年と半年描いてきた彼らに違いはない。

起き上がるのを見て四人はまた身構えた。だが私はそれを見ないフリをして立ち上がり、四人の脇を通り抜け、部屋に電気を点した。

――間違いない。

其処《そこ》にいるのは、私が生み出した祐樹《ゆうき》一行そのものだった。


私は四年と半年前、ある男にスカウトされ漫画家になった。後々聞いたのだが、その男は歌手として私をデビューさせるつもりだったらしい。だがスカウトされて数日経ったある日、喫茶店に呼び出された私は思いのほか其処で男に待たされ、することもなく、紙ナプキンにピアスを開ける為に持参していた安全ピンで指先を刺し、溢れ出てきた血で絵を描いていた。その絵をいたく気に入った男は――その度胸が気に入ったらしい――「漫画家になれ」と一言言って、私に原稿用紙を渡した。

「あのー、気になるんですけど、僕等どうして此処に来ちゃったんでしょうね」

それから数十分してやっと私の顔を見慣れたらしい。狭い部屋の中、四人は座り込み各々に話を進めている。

「ラスボスの討伐に成功したと聞いたが？」

私は蝶理という青年のその澄んだ瞳を見て疑問を押し流した。

「ええ。そしたら急に目の前が光の渦になって。気づいたら此処にいたというわけです。僕等てっきり次の敵地に送り込まれるものだと思ってましたから、貴女がいてびっくりしましたよ」

「そうか」

私が描く『奔放記』から一歩進んだ世界らしい。私が描いた本から彼らが飛び出しのか、それとも彼ら独自の世界があってそれを私が描いていたのか。それは彼らにも私にも分からないことらしい。

「原作者って、俺らの話を描いてるってコト？」

一番年端のいかない易楢《いなら》という少年が、私にそのくるんとした瞳を向けてきた。

「そう。私が小五の時から描いている」

「じゃあ今何歳？」

「十五。中三」

「俺と三つ違いか。なぁ、何で俺ら此処に来ちゃったの？」

「知るか。……おいあんまり騒ぐな。父さんと母さんが起きる」

「起きると何か悪いんですか？」

「さあな。こんな状況なってやったことがないから分からん」

「おい」

祐樹がその紫暗の瞳を向けてくる。その瞳をじっと見た。我ながら綺麗なモノを造ったと思う。

祐樹はそんな私の思念を気にすることなく言葉の続きを語った。

「その『奔放記』を見せろ」

それから四人は私の描いた『奔放記』を読み耽《ふけ》っていた。私はそれをベッドの上から覗き見る。

ぎゃあぎゃあ騒ぐことはないにしても数回の会話は交わされた。それは驚愕の言葉だったり、どこか痛い言葉だったりした。いつしか朝日がブラインドで覆っている窓から薄く差し込んだ。

朝か。

私は今日を寝ずに過ごしたことを再確認する。だが、そんなのはもう慣れたもので、大して気にならなかった。漫画家になってから幾らか経つが、アシスタントと朝を共に迎えることはそう少なくない。特に彼等の話は安易なモノではない。人の死も生も痛みも汚いモノも背負わせている。漫画家になる前、スカウトされる前はそれなりに感じたコトを作詞していた。だから彼等の生きてきた世界を言葉にすると、とても現実の痛さや狡さが滑稽なほど現れるのである。彼等には、そんな私の言葉では簡易に表せないほどの過去を背負わせている。

それはそう、私自身の居場所を彼等に求めているように。

四人は大体を読み終わると、私の顔をじっと見た。

「……なあ、どうして俺らの行動が分かったんだよ」

「お前らの行動を描いてたわけじゃない」

「僕等、本の世界に生きてたんでしょうか?」

「さあな。私の本から飛び出したのか、私がお前らの世界を描いていたのか。それは分からない」

「まっ、とりあえず分かることは俺ら此処から帰れねぇってことだな」

「そうですねぇ。帰り方までこの本に書いてありませんでしたもんね」

「そもそも、俺らがラスボス討伐した話まで行き着いてないじゃん」

「じゃあ、やっぱり俺らの世界をこいつが描いてたってわけか？」

海良《かいら》という、蝶理と同じ年の青年は、私の顔を指差して目線を祐樹に向ける。

「……そうだな」

祐樹はどこか諦めの溜め息を吐き出すと、それ以上何も言うことはなかった。

「おい」

私は思わず声をかけた。

「これからどうするつもりだ？」

それを四人はうーんと考える素振りを見せて吐き出す。

「しばらく原作者である貴女のところへ泊めてもらうことはできませんか？」

「こんな狭い所にか？」

「ええ。文句は言わないので」

そういう問題だろうか。

私はしばらくぶりに盛大な溜め息を吐き出した。そして気づく。四人の顔を見て躰中に張り巡らされた傷痕が疼《うず》くことを。

「……分かった。お前らを此処に泊める」

「有難うございます」

にっこりと笑顔で蝶理は言ってくる。その笑顔を私は見慣れていた。

この躰中の傷痕が疼く。

母から貰った唯一のモノ。

「貴女さえ生まれてこなければ……」

そう言いながら何度も母は私に向かって暴力を繰り返した。それは今も変わらない。それでもこの家に居着くのは、そんな母でも愛されたいと望むから。

「なあ、理沙って傷多いな。何で？」

「母親が錯乱した時に私に暴力を繰り返すから」

「……何それ？」

海良はどこかそれを心に留めたに違いない。海良は幼い頃に母親から愛情を教わらなかった。虐待というのだろうか、そんな過去を、私のこの躰中の傷痕を、彼に背負わせたのだ。彼だけじゃない。愛する人を失った蝶理は、私が大切な友人を失った傷痕だ。孤高の中に生きてきた易楢には、私の誰にも愛されない——一番愛されたい母親に愛されない——そんな孤独を背負わせた。祐樹はまるで私を見ているようだった。親の顔も知らない彼は、独りで生まれて独りで生きてきた。愛することも愛されることも、彼は知らない。ただ共に旅してきた蝶理や易楢や海良だけには多少、心を許している。それは、あまりにも残酷すぎる世界の中で唯一の救いを与えたかったからだ。

——私に、唯一の救いを与えたかったのだ。

「お前らは私が生み出したんだ。お前らの傷痕は私の傷痕」

「共通点があるってことですか」

「四人共ちょっとずつ、な」

「じゃあ理沙は、俺らの何でも知ってるわけ？」

「まあな」

「……もういい。俺は寝る」

祐樹は一人私の座っているベッドの上に上がると、そのまま眠りに伏した。

私はそれを隣で眺めると、思ったとおり綺麗な寝顔だなと関係のないことを思いついた。

「おい」

それを、祐樹の眠りを私は一旦制す。

「現代じゃお前らの服は目立ちすぎる。今日お前が起きたらまず服を買いに行く」

札束なら、いくらでも持っていた。それを目当てに父は私を手元に置いているのだと思う。

父もまた、私に暴力を振るっていた。私はそれを避ける術を小二の時に身に付けていた。まだ母と父が出会う前だ。柔道、空手、カンフー、少林寺拳法、剣道。どれも皆伝の腕前を持つ。

その腕前を買われて、「ボルツ」という暴走族のヘッドを漫画家になるまでやっていたことがあった。その時は祐樹一行同様、見境なく人を暴力に伏した。時には人殺しだってやった。拳銃を扱ったこともある。私の左手にはその感覚がまだありありと残っている。

私はそれがいけないことだとは今も思っていない。道場に通う金の為に、親父狩りも、リーマン狩りもやった。その度に、お金を手にしては人の生きる意味をまざまざと思い知らされた。生温かい血が未だ私の躰中に残っている。消し去るコトの出来ない膿んだ傷痕。私は視線を祐樹に向けた。彼はもう眠っているようだ。

「……おやすみ」

我ながら柄に合わない言葉だと思う。そういえばこんな言葉、今まで誰一人にもかけてやったことがない。私は何処かが痛んだ。それは今まであるはずのないモノだと思っていたモノだ。

「おやすみ」

もう一度言った。笑ったことのない私が何処かで笑ってる。彼らが来ることを私は何処かで望んでいたのだろうか。私の分身を作り出して私は私を慰めていたのだろうか。耳聡《ざと》い人物が一人いた。その人物は私の言葉を聞き取ると、ふいに漏らした。

「おやすみなさい」

温かい言葉だと、思った。

それから数日して幾分か彼らもこの現状に慣れてきたらしい。時折訪れる私のアシスタントと、この漫画の担当の杉野にもこのことを伝えておいた。私が付き合う数少ない者達だ。夢野清也と谷川悠子と黒一点の青木三郎。彼らは、私が『奔放記』を書き始めた当初からついているアシスタントだ。

「人口密度が増えたな、ゆうや」

「ただでさえ狭い部屋なのにね」

「ゆうやー、お腹減った」

確かにこの者達も祐樹一行に似ていると思う。なら私は誰に似ているだろう。

私に似ている者達を引きずりまわしてこの傷痕を癒そうというのか。

「なあ理沙」

易楢が興味津々という顔で私に尋ねてくる。だがそれはどこか聞きにくそうな、そんな雰囲気も持っていた。

「その傷痕の中で一番痛かった傷ってどれ？」

私は考えたこともなかった。どれも同じ「傷」ではないか。そして私は思い巡らす。母親から、義理の父親から受けた数々の虐待。そして自分自身を傷付けた自虐。

あれは私が漫画家になったばかりの頃だ。この部屋に一週間閉じ込められた。ロープでぐるぐる巻きにされ身動きがとれなかった。それを救ったのが担当の杉野とアシスタント達だった。いつまでたっても原稿が来ないのを不信に思って、私の部屋に乗り込んで来たらしい。

初めて私を見つけた時、皆は一様に意外な顔をした。母は私を見るまではいたって普通の女性だ。しかし、私を見ると半狂乱を起こし虐待するのである。だから母が私を部屋に閉じ込めるなんて想像も付かなかったのだろう。

彼らに助けられた後で、私は動きづらくなった自分の躰を見てある名案が浮かんだ。それは消えることなく淀み続け、しまいには私の躰を支配していった。そうなるまでに時間は必要なかった。私は台所へと走っていった。それを何事かと追いかける杉野とアシスタント達。私は水周りの下からしまってあった包丁を抜き出すと、それを高らかに上に掲げた。両手でその柄を持って腹に標準を当てる。そして一瞬見えた母の顔を胸に留めながら眼を瞑《つぶ》ると、一気に左わき腹にそれを刺した。痛みが襲ってきた。同時にまだだと思った。私はそれを引き抜いた。そして包丁の向きを変えるともう一度、わき腹に深く刺した。杉野が何かを叫んでいる。だが私にはそれが聞こえなかった。丁度、十字架のようになった傷痕を思って私は自嘲した。そして途端に意識を失くす。そして杉野が叫んでいた。

「誰か、救急車を!!　早く!」

「それが痛かったかもな」

聞いた易楢はグッと顔を沈め、その痛みの深さに酔っていた。

蝶理は何かを思い出したのだろう。易楢と似た表情をする。私はそれが何だと気づきながら敢えて何も言わなかった。

「後は……」

友達がいた。たった一人だけだったが。蝶里が愛したように私も深く彼女を愛した。――その友達は最初、ただの他人でしかなかった。それがいつからだろう、大切な人へ変わっていったのは。

小二の時、その少女は神戸へと転校していった。父親の仕事の関係だった。

最初、私達は単なる他人同士だった。それが友達に変わったのは彼女が何かと私の面倒を見てきたからである。

学校で私はいつも独りだった。誰とも関わりなど持ちたくもなかった。それはこの躰を支配する傷痕に似合う行為だと思わなかったから。他人との関わりほど私が憎むものはなかった。そこへ、彼女が訪れた。最初の会話は「どうしたの?」「別に」だったろうか。

彼女は本当に純真な子だった。敢えて他人との関わりを拒んでいた私に救いの手を差し伸べてくれたのは数人ではなかった。だが私はそれの全てを拒んだ。そしていつからか、私は誰の記憶にも存在しない人間になった。それを彼女は壊したのだ。自らの傷痕と引き換えに。

　彼女は学級委員をやっていたので、それも私に近づいてきた理由だったのだと思う。彼女は半袖からはみ出した私の傷を見て、初めて「痛そう」と言った人物だ。他の者は気味悪がって近づいてこなかった。そしてこの瞳を「綺麗」だと言ったのも、彼女が初めてだった。他の誰かはこの瞳を見て「化け物だ」と罵って終わりだった。

　彼女には何でも話せた。家族のことも、この傷の痛みのことも。彼女はそれを全て受け取ると、決まって笑顔で「私がいるから」と言ってくれた。私はそれだけで良かった。他に何も望まなかった。それから数日して、彼女の転校が決まったのである。私が小五になる時には帰ってくるとのことだったから、それはそれで良かった。だが思いがけないコトが起こった。阪神大震災だった。

　彼女はその震災で両足の自由を失い、頭を強打した。車椅子生活を余儀なくされたのだ。それもその震災が起こった時期というのが、私が彼女を私の家へ招くことが取り止めになった時だった。丁度母親が錯乱して手に負えず、已むなく彼女がこちらへ来るのを取りやめたのだ。それを知ってか、天は彼女に震災を与えた。私は自分を激しく責めた。そして母親もまた私を責めた。そして母親は私をテーブルの上から突き落とし、下に立てて置いてあった五寸釘に左足を貫通させる事故を起こした。

「それも痛かったかもな」

「……痛そう……」

易楢はそれを悟ってか私の素足の左足を見た。楔《くさび》のようにつらつらとなっているその傷痕に顔をしかめる。そして「痛そう」と言った。

二人目か。

私は頭の中で二人を数えて易楢をそっと見た。易楢は自分の手の平を見ていた。何処にも傷のない綺麗な手の平。そしてあることを口走る。

「そうだ、蝶理に治してもらえば？　そしたら消えるかもしんないじゃん‼」

私は頭を横に振った。だってこれは。

「……これは私の生きた証だから」

生きた証。私が私として生きている証拠。この傷痕だけが、私を此処へ留めてくれる。

「……そっか」

易楢は少し悲痛な顔をしたが、すぐに気を取り直し悠子の方を見た。そして食べ物を発見すると嬉しそうに走っていく。そして悠子と食べ物争いを繰り広げるのに、そう時間はいらなかった。

それから、五年生になり彼女が戻ってきた。

車椅子はショックだったが、彼女が生きていてくれただけで嬉しかった。

「一生歩けない」

五寸釘で貫通した私の足を見てそう医者に申告された時、密かに自嘲した。だが彼女の笑顔を見ていると、何て自分はちっぽけなのだろう、とリハビリを繰り返したのだ。歩けるようになって、やっと彼女と歩んでゆける、そう思った。だがその直後だった。震災で頭を打った代償が、何年か後のあの日、降り募った。病室で、弱々しく、そしてとても強く握られた彼女の右手の温もりがまだまざまざとある。

　未だ刻まれたその温もりを残して、彼女は逝ってしまった。

「……僕と同じですね」

　蝶理が呟くように言った言葉を、耳聡い私は聞き逃さなかった。多分それは海良も祐樹も同じだろう。祐樹は少し意味ありげに私を見ていたが、すぐに視線を逸らし易楢にこう言った。

「いい加減にしねぇと風穴開けるぞ」

　それは私に告げているようにも聞こえた。


「おいゆうや、こっちの原稿上がったぞ」

　三郎がこちらを見もせずに告げてくる。

「ああ」

　私はたった一言告げてその原稿を受け取った。

「こっちも終わった」

　清也が私の目を見て告げた。丁度私が気晴らしに部屋に視線を流していた時だから、かち合ったのだ。

「こっちも～」

　悠子が気の抜けた声で告げてくる。私は一瞥を加えて渡された原稿を見ると、易楢の髪が塗りつぶされていた。

「悠子……」

私は頭痛を抑えるように名前を呼ぶと、本人は気づいていないのか、易梢に取られた食べ物をもの欲しそうに見ている時だった。

「これ、ベタじゃないんだけど」

「あっ……」

仕方がないから、私が自分でホワイトで訂正すると、それを興味深げに海良が見ていた。

「へぇ、こうやって俺らが出来上がっていくわけね」

「まあな」

「……なあ、その俺様な言い方何とかなんない？　誰かさんと被るんだけど」

「誰かさんとは誰だ？」

予想に反した声が聞こえて振り返ると、祐樹がこちらを見てベッドに座っていた。

「……さあ、誰でしょう？」

海良が茶化した声でふらふらとあっちへ行く。狭い部屋だからすぐに行き場が分かる。逃げ場などないのに、どこかそれを探しているようにも見える。

俺様、か。

私が絶対的な存在だ。

それ以外は在り得ないというほど、私が全てである。

それは全員同じではないのか？

全員、自分が全てではないのだろうか。

「さあな」

どこか悟ったように、祐樹が付け加えた。

「……少なくとも、信じるに値する人間は一度は現れる」

それは私が彼女だったように。

祐樹が失ってしまった父親代わりの師匠だったように。

いつか失ってしまうと分かっていても、未だ足掻《あが》いてしまう痛み。

「出来たとしても、失うだけだ」

私はどこか悟ったように、そう付け加えた。

祐樹はそれを聞いて「……そうかもな」と言った。たった一言だったが、私にはとても重たかった。


これは冬の出来事だ。

まだ一月だった。

祐樹達が来て、数週間経った頃だった。

何となくだが打ち解けた頃、易楢が悠子と食べ物争論を起こしていた頃、海良が私のベッドで仮眠をとっていた頃、蝶理がジープと戯れていた頃、祐樹が私と少ない会話を交わしていた頃、起きた出来事だった。

私の部屋へと通じるリビングから、何故か騒然とした物音が聞こえてきた。

「キャ――――!」

長く響く女の叫び声が聞こえた。

私は瞬時にそれが母さんのものだと断定する。

「母さん？」

扉の鍵を開け、私一人が飛び出していった。そこに違和感を覚えたのは祐樹一人だけだったと思う。

すぐに飛び込んできたのは、眼鏡越しに伝わる血の感覚。慣れているはずのソレが酷く——酷く。

続いて飛び込んできたのは、血塗れで横たわっている名前も知らない弟の姿だった。

「——ッ！」

私は叫ぼうとして名前を知らないことに気づく。

何で？

私が頭で考えていた時、一つの問いが生まれた。

母さんは？

そして男の姿が過ぎった。

テーブル越しに見えるその光景。

慌てて駆け寄った。そして横たわる母親を抱きかかえる。息がなかった。脈も心臓音もなかった。

ただその姿は記憶の中の姿とは相反していて綺麗な洋服はただ、血塗れだった。

義理の父親を見る。ただ、私を見ていた。その視線は。「私のせいだ」と言ってるようで。

父は母を愛していた。

少なくとも私はそう感じていた。私に手をあげるのは、母が私を嫌うからなのだ。

なら、何故こんなことを？

その瞳は、黒く澄んだ瞳は。ただ、「私のせいだ」と告げているようで。

私はもう一度、母親を見た。ぐったりと横たわるその、姿。表情だけがとても穏やかだった。

どうして？

私は父を仰ぎ見た。私の前に立ち尽くす男は返り血に塗れている。肉切り包丁を右手に持っていた。その包丁も例に漏れず血塗れだった。

誰の？

弟の。そして母親の。

私は思考がおかしくなっていたのかもしれない。こんな光景は見慣れているのに、何故かしゃっくりが収まらなかった。母は私を嫌っていた。私は母に愛されたかった。母が愛してた父に殺されれば母は喜んでくれるだろうか。


貴女が喜ぶなら私は何だって――。


私は父の前に座り込み、その刃が刺されるのを待った。父が包丁を振り上げているのが分かる。

私は目を瞑った。

そこに大袈裟な声が響いた。

「理沙!!」

いつまでたってもその刃が突き刺されることはなかった。おかしいと目を開けると、降ってくるはずの刃を易楢が必死に抑えていた。

「易楢……」

その声が届いただろうか。

「大丈夫か⁉　怪我は⁉」

と堰を切ったように告げてくる。

私は一言「ない」とだけ告げると少しだけ心に空洞が出来るのが分かった。

一旦易楢が父親から離れた。

「――見るな！」

ただ一言。祐樹の凛とした声が響いた。

私は「えっ？」と声がした方を向く。祐樹が片腕を私の顔の前に広げていた。

その合間から見える、残虐な映像。

父は、義理の父は、持っていた血塗れの肉切り包丁で自分の喉を突き刺した。

ゴトッと違和感がある音を立ててその場に倒れこむ父。

チッと舌打ちをする祐樹の姿が目に入った――気がした。

私はそのまま世界が斜めになるのを感じながらその場に倒れこんだ。

「理沙‼」

誰かがそう叫んだ。

それは易楢だったか海良だったか蝶理だったか、それとも。

目覚めたのは病院のベッドの上だった。

この世界に来たばっかりだったのに、よくこんな手配があの四人に出来たものだ。

私はベッドの上に上半身だけ起き上がった。

「私は、死ぬべきだったのに……」

「そうかもな」

声が、した。

その方向を向くと祐樹が煙草をくわえてこちら見ていた。相変わらずのはずのその眼に、私はどこか違和感を覚えた。こんな眼をした祐樹は知らなかった。その眼はどこか慈しむような、そんな眼だった。

「私は強くなんかない」

大切な人を守るために、私は武道を覚えたのだ。

そんなもの、何の足しにもならなかった。

「そうかもな」

祐樹はそれを肯定する。そういえばこんな台詞を祐樹に言わせたことがあっただろうか。

「それでも」

祐樹が付け足す。

「生きていくんだ、俺達は」

生きていく。たとえ何があっても。

それが祐樹だ。

それが、私の造った自分の分身達の姿だ。

私はまた一つ自分に対して嘲りを覚えた。

「それでも」

祐樹の言葉を繰り返す。

「生きていく、私達は……」

生きていくんだ。生きて、果たすことがきっとある。それが私なら祐樹一行の旅を無事終わらせることだ。まだ半分だって進んじゃいない。私はそれを果たせる唯一の人物なのだ。

生きていく。強く。強さの意味を、どこか私は履き違えていた。

「……家が出来たそうだ。お前が造らせたそうだな?」

祐樹の言葉に記憶が蘇る。

確かに私がこの部屋じゃあまりにも狭すぎるからと、数ヶ月前から一軒家を注文していた。

その家が出来上がったそうだ。

「そうか……」

「理沙」

「何だ?」

「お前に足りないことを教えてやろうか」

「何だ?」

「笑顔だ」

祐樹がきっぱりとそう言い放つ。

「――祐樹だけには言われたくないがな」

フンと鼻を鳴らし祐樹は窓の外を見る。まだ咲くには早い桜の樹が私達に照っていた。


それからすぐ、引越しの作業が進められた。

私もすぐに退院し、『奔放記』の原稿を進めていった。

何事もなかったかのように、時間だけが過ぎていく。

家はコンクリートの打ちっぱなしで吹き抜け状の二階建てだった。

アシスタント達も一緒に住めるように広く設計したのだ。これが祐樹一行には好都合だった。

一人一部屋を与え、寝室は一緒にした。クイーンベッドを三台並べ、そこに五人揃って寝ることにした。個人の部屋にベッドは備え付けたのだが。


引越しから数週間が経った。

少しずつだが、私の中で変化していったものがあった。

祐樹に言われた一言。

笑顔。

私は生まれてこの方一度も笑ったことなんて、なかった。

それが、少しずつ、変わっていこうとしていた。

その時、突然こう言われたのだ。

料理の支度をしようとしていた蝶理に、「祐樹がいなくなる」と。

「何それ」と聞き返すと、「言葉の通りです」と言われた。私はどこか、胸が空洞になるのを感じた。


何故だろうか。

痛み、故だろうか。

なら、何故痛みなど訪れるのだろうか。

そして私は悟った。

そして勢いのままに家を飛び出す。ある場所——あの病院へと向かっていった。

後ろで「よっ、策士」という海良の言葉が聞こえたが、その時は何も考えることはできなかった。

急いで病院へと向かう。あの時、私に照っていた一本の桜の樹。

その下に、祐樹はいた。

相変わらず煙草を銜《くわ》えたまま相変わらずの眼でこちらを見る。

「来たか」とその眼は語っていた。

私のコトを待っていたのか。

私はどこか、痛み故か、心が熱くなるのを感じた。

初めてだった。そして初めて生きていると感じた。

「私は……」

祐樹が待ちわびていたという顔で私を見る。

「私は、祐樹が好き」

そして零れる涙が頬を伝った。母が死んでも流れてこなかった涙が、頬を伝う。

それを近づいてきた祐樹が意外にも親指の腹で拭っていった。

「こんな仕事、海良の役目だと思ってた」

「俺もだ」

二人は顔を見合わせた。初めて、生きていると感じた。心が熱くなる気がした。

私は初めてプッと吹き出した。その後は何だか止まらなくて、何もかもがおかしくて、ずっと笑い続けた。何もかもがそれで、その一つで癒されていくような、そんな感覚がした。それがどこか心地よくて。私はいつまでもこの中にいたい、と心から初めて願いを祈った。

それが、一年と半年前のコト。

今は十二月二十四日に生まれた七ヶ月になる「ゆうや」という子供がいて、十六歳の二月六日の誕生日に祐樹と結婚した。清也と悠子と三郎はしばらくは一緒に住んでいたが、描いていた痛い話の続きを描き終えると、各々「先生」としての道を歩み、私の家から巣立っていった。今は新しいアシスタントを迎え、充実した忙しい日々を相変わらず送っている。余談だがその後、清也と三郎も結婚し、同じく十二月に「美咲」という女の子を出産した。

Delusions End

2

朝、目覚めるとまだ午前五時三十分だった。最近、私は早くに目が覚めることが多い。今日の夢は、恐竜に頭を食われる夢だった。

……何とも嫌な夢だ。だが起きたら其処は現実で、夢との境界線はくっきりと引かれている。私はまだその境界線を完全に飛び越えないままこちらの世界へ来てしまったらしい。ボーッとする頭を抱えて、寝っころがった先の正面にあるビデオデッキの時計を見た。五時三十一分。こんなことで一分が過ぎていくのか。私は起き上がって欠伸をした。こんなことでまた一分が過ぎていく。時間とは何とも愉快で残酷なものだ。私はもう一度寝ようとベッドに突っ伏すが、眠ることは出来なかった。

仕方がない。

私は起き上がってパソコンの置いてある机へ向かった。デスクトップのパソコンでシルバーと紫の使い方が気に入っていた。確か値段は一七万九八〇〇円だったと思う。これにプリンターと消費税を合わせたら確実に二〇万はいく。高い買い物だ。私はまた一つ両親に感謝をした。

そのパソコンの電源を入れるのは、小説を書くとき以外は夕ご飯を食べ終わった後だ。その後に日に一度のメールチェックをするのである。最近はネット懸賞などに応募するものだから、日に二〇通くらいは来るようになった。最初の内は「わっ、一〇〇通越えたすごい」などと単純に喜んでいたのだが、今となっては後悔する一つの種になっている。

私は電源を入れた。日に一度のメールチェックを今日は破ろうと思う。自分の戒めへの反抗第一歩だ。私はメールを呼び出すと受信の欄に行き、メールをチェックした。

「あった」

思わず声に出した。すると確かにそこには待ち望んでいたメールがあったのである。それはネット懸賞の勧誘メールでもなくMIDIのお知らせメールでもなく、それは確かに昨日の夜十一時頃に送った出版社宛のメールの返事だった。

「こんばんは。

メールを拝見しました。その気持ち、分かるので是非送ってみてください」

という短い内容のメールだった。私は嬉しくて今にも飛び上がらんばかりだった。早速添付ファイルで『鳥と僕』『森と僕』『牢獄と僕』の三編を送ることにした。

どうか、この作品が貴方の心に残りますようにと、淡い期待を込めて。

「鳥と僕」

鳥が持つ翼の骨は、人間の持つ骨のように中身が詰まっておらず、
その為「自由」に飛ぶことが出来るのだという。
所詮は人間と鳥とを比べること自体、間違ったことなのだ。

幼い僕は、曖昧でもきっとそれさえ知っていたのだろう。

それでも、空を見上げていた。

曖昧なのは、そんな理屈ばかりじゃない。
僕が抱える様々な問題だって答えもなくいつだって曖昧だ。
僕はそれを「それが全てだ」と嘆く。
だからきっと、僕だって曖昧に過ぎない。

朝目覚めると、僕の隣にあるはずのちっぽけな拳銃がないことに気づいた。
ゆっくりとベッドから身を起こしてあたりを見渡せば、そこは僕の庭に生える、
大きなとても大きな樹木の上だった。

どうやって降りようか。
節々にある痛みに手を伸ばしながら僕は何故だか慌てもせずにそう思った。
そして気づいた。
僕の躰が鳥だったコトに。

躰に走っていた痛みが樹木の上で眠っていたせいだと理解できたのは、
それから数分経った頃だった。
ふと、僕の空のベッドが気になって斜め前を木の上から見越す。
この樹木を見るには僕の部屋が特等席だ。

そして、僕のベッドに眠る僕の姿を垣間見た。

身を布団に寄せて眠る僕の姿を初めて見た。
こんなにも痛みばかりの僕なのに眠る姿は幼いものだ。
僕は両腕を拡げた。
誰だったかが真似していたがやはり飛ぶ為にはこれでいいらしい。
大きな大きな空を見上げる。
やがてそれが、地面に変わった。

この躰の持ち主は飛ぶコトが得意だったらしい。
やがて遠くなる「空」が僕を見上げていた。
その内飛んでいると、隣を行き来する鳥が心なしか挨拶をするように感じた。
僕も大分飛ぶことに慣れたフリで挨拶を返した。

気づいたのはそれからそう遅くなかった。
身を休める為にとまった樹で僕は初めて独りだと悟った。
お互いに絆のある「仲間」を見て僕はその場から逃げていた。
高い高い空が僕の中にある。

どうして鳥は僕と入れ替わったのだろう。
どうしてこの躰を棄てたのだろう。
僕と同じ痛みがあったから？
鳥も自由な「空」を求めたから？

痛みなんて浅はかだ。
次第に僕等は考えることを知って深い深くを見ようとする。
痛みなんて浅はかだ。
だから他人の痛みなんてどんなに考えたって理解できない。

鳥は自由を望んだのだ。
大きな「空」を求めていた。
そんな僕と鳥とに何の違いがあろう。

次第に雲行きが暗くなってきた。
ぽつぽつと僕に雨が当たる。
隠れるように廃屋へと行けば「あっちへ行け」と人間に追い払われた。
仕方なく樹の隅で翼を畳む。

周りには誰もいない。
巧いこと何処かへ非難できたのだろう。
「空」を見下ろせば急いで走る小さな人間がいる。
僕等に何の違いがあろう。

僕は独りだった。
いつからか何故だかそう思った。
痛みは増えるばかりだからいつの間にか身を守る術を覚えた。
その術が何の役にも立たないなんてコトは初めから知っていたけれど。

「何」が「自由」だろう。
僕等が欲しがる自由とは何だろう。
僕等が持っていないモノが自由なんだろうか。
そしたら僕は今、不自由なんだろうか。
鳥は人間になりたがっていたのかもしれない。
休める地や温かな温もりのある人間に。
空を飛ぶコトしか知らない鳥を棄てて。
「空」というモノを望んでいたのも知れない。

僕は鳥になりたがっていたのかもしれない。
群れを成して自由へと飛んでいく鳥に。
地を歩むコトしか知らない人間を棄てて。
空というモノを望んでいたのかもしれない。

次第に雨は強さを増していた。
翼を拡げたが躰は重すぎて飛ぶコトは困難だった。
僕は「家」へと帰っていた。
今ごろ鳥も気づいているだろう。

あの樹木に止まって僕の部屋を見渡したが誰もいなかった。
重い躰を引きずって家の周りを一周すると、玄関の前に
立ち尽くす僕が見えた。
ボーッと空を見上げている。
頬に伝うモノが見えた。

ああ、僕は泣くコトが出来るのだなと。
両手を拡げて何かを掴むコトが出来るのだなと。
とても不確かな存在理由でも。
僕は生きているんだなと。

羽音に気づいたのだろう。
僕がこちらを見た。
僕というモノはこんな顔だったかと今更ながらに思いながら。
喋るコトの出来ない躰で必死に鳴いた。
僕は眼を見張ってこちら見ていた。
唇が微かに動いていた。

何を言ってるだろうと近くに寄れば。

「君は自由だね」と囁いていた。


その君がこの躰の持ち主を意図するコトに僕はすぐに気がついて。

そして僕も言葉を持たない鳴き声で精一杯伝えた。

ピピピーピピピピピ。

「君は自由だね」


朝目覚めるとびしょ濡れのまま躰を布団に寄せる僕がいた。

髪が半乾きなコトにさっきまでの時間が確かなコトを知る。

無意識に眼を窓へと向ければ必死に躰を揺らす鳥が見えた。

唯の、一羽の鳥だ。

そして僕も、唯の、一人の人間だ。


鳥が飛び立っていく。

高い高い空に。

僕は足を下ろして洗面所へと向かった。

鳥が求めた「空」を歩く。

今が倖せとか。
僕が倖せとか。
鳥が倖せとかじゃなくて。

僕が僕を独りだと思ってしまうコトに変わりはないけれど。
きっと鳥が鳥を独りだと思ってしまうコトに変わりはないだろうけど。
「自由」とはそれだった。
見慣れた景色があった。
支えがあった。
甘えじゃない。
許しがあった。

帰るべき場所があった。
とても些細だけど。
僕が、いた。
とてもちっぽけだけど。
変わらないモノがあった。

コンコン、と窓を叩く音がした。

振り返れば先ほどの鳥が口ばしでガラスを叩いている。

僕は洗面所へと向かった。

鳥はわざと音を立てながら飛び立って行った。

僕はやがて足を止めて寝室へと戻って行った。
ベッドサイドにはちっぽけな拳銃が置いてある。
僕はそれを手にとった後、
ゴミ箱へと投げ捨てた。

平成十四年六月二十日完

その日、私は浮かれて何も手につかなかった。これほど何かに執着するということが人を変えるということなんだと改めて思い知らされた。

「理沙、回覧板回しておいて。あっ、回す順番変わったからね、気をつけてね」

と母に言われ私は回覧板を回しに行く。次は五〇四号室か。私の家は五〇六号室だ。五〇五号室の人は家を売り払ってしまったので、空き家になっている。下の階、四〇六号室に住むお母さんのお母さん、ばあちゃん家《ち》では、すでにその家の下見は終わったということ。なかなか綺麗だったらしい。

私はそんなことを考えて十階建てのうち、五階にわたって住んでいる自分に優越感を覚えながら、五〇四号室を目指した。五〇四号室に行くには一旦六階に上がってそれから小階段を下らなければならない。多少面倒でもあるが仕方のないことだった。と、行く途中に眼鏡の似合う女性とすれ違った。その人はとても綺麗で、私に会釈をする。その姿も綺麗で思わず見惚れてしまった。

いいなぁ。私もあんな女性になりたい。

私の姿はお世辞にも綺麗とは言えなかった。一五四センチ、五五キロの私は、世間で言う小太り系である。それがずっとコンプレックスだった。

中学一年生の頃から前髪を下ろし始め、そのせいか視力が悪くなり、今はテレビを見るときや授業中は眼鏡を掛けている。今もうっかり掛けてしまっていた。なるべくなら見られたくない。この顔に自信がないのだ。人からは「眼が大きくて睫毛が長くてぱっちりしていて可愛い」と言われるが、自分ではあんまりそうは思えなかった。だから眼鏡の似合う女性にすれ違ったとき、少しながら自分に嫌悪感を抱いた。だがそれもすぐ消えることで、すれ違い終わると、やっと部屋に辿り着いた使命感で一杯だった。

家に戻るとママが忙しそうに出かける支度をしていた。私のママはテニスのコーチをしている。インストラクターだ。大会でも何度も優勝している腕前を持つ。そんな母が自慢だった。

それに最近ママは痩せてきて、本当にスマートになった。それも憧れの一つである。上着なんか子供服の一四〇センチでも着られるのだ。羨ましいことこの上ない。だからネットオークションのテニスウエアを見るときなんか小さいサイズがないと嘆いてばかりいる。だが身長は小さいもので多分一五一センチだろう。あの『テニスの王子様』の越前リョーマと同じ身長だ。それがまた羨ましくもあるのだが。

ママは、テニスラケット二本が入ったテニスバッグを抱えて玄関に出た。

「じゃあ行ってくるからね」

「うん」

短い会話を終え、ママはそのまま行ってしまった。つまらない。

いつも私は取り残されてしまうのだ。中学や全日制に通っていた時は何も感じなかったが、通信制へ入って痛切に思う。日中暇だということ。私はいつも部屋のベッドでゴロゴロしてばかりいた。だから太るというのもあるだろうが。

私は自分の部屋に入りベッドに突っ伏した。何かすることがないだろうか。かといってすることが出来ると面倒になる。何とも良い性格である。だから溜まったレポートもまだ終わらずにいた。夏休み中に終わらせないと。通信制の夏休みは長い。九月七日まである。約二ヶ月だ。

レポートの置いてある窓際へと歩いていった。歩数にすればほんの数歩だ。出窓状になっていて物が置けるようになっている。私はそこに枯れたバンブーと観葉植物を置いていた。花は苦手だった。見るのは好きなのだが、枯れていく、あの瞬間が嫌いなのだ。花はいつか枯れる。

だから見るに耐えなかった。人もやがて死んでいく。だから人も同じように苦手だった。

ベッドを買った件で話したが、私はバイトをしていた。それは去年の九月末日までである。

駅から数分、家から十五分の角屋食品という野菜屋さんと食品関係がごちゃ混ぜになったような店で働いていた。商店街にあり、いつも人で賑わっていて活気がある店だった。

時給も良くて、高校生なのに一時間千円だった。レジ打ちのバイトだったのだが、これが私の性分に合っていたらしく、すんなりと仕事を覚えることも出来た。レジ打ちの後は精算がある。レジで打ったものを計算するのだ。それが私は一番の得意で、店の中で一番早いと言われていたものでちょっと得意気にもなったりもした。

清算はレジの中にあるお金を数えるのだ。札から小銭までを順番に。私はまず十枚ごと束になった千円札から数えていく。そして五千円札。小銭入れの下に入った一万円札。それらの数を専用の紙に書いていく。そして小銭は専用の数えるケースの中に入れて五十枚ごとに袋に入れていく。それらも紙に書き、後は銀行用の茶色いバッグの中にお金と入金票を入れて、チャックを閉める。すると同時に鍵もしまるようになっている。そして店長に伝える。時々入れ忘れたりする時は、店長に伝えて鍵を金庫から取ってもらい、その鍵でバッグの鍵を開けチャックを開けて入れ忘れたものを中に入れる。……それが一番の得意作業だった。

だが私はそこを一年と半年で辞めてしまった。屋外にテントのように建っていたその店は、夏は暑く冬は寒く大変だった。夏は扇風機が回るのだがお金が飛んでいってしまうので、なかなか実際にはつけられない。冬はヒーターがあるのだが、暖かいのは足元だけ、しかも二台並んでいるレジの片方側にしか向けられないためやはり遠慮してしまう。そしてやはり肝心な手元を温められず、お客のおばさんに「手が冷たいね」と言われる始末だった。元々冷え性ということもあったのだが。

そして決定的なことは、社長に怒られたことだろうか。夏休み中、お得意様のレジ打ちで紙に書いてある商品を打っていた際、誤って金額を少なく打ってしまったのだ。それが社長にバレて、皆の前でどえらく怒られた。それがきっかけだったのか。夏休み中には辞めてやると思っていたが、そうすると怒られたのが原因で辞めたんじゃないかと社長が気に病むと思い、九月の末日をもって退職したのだった。

給料は一番いい時で夏休み中の月七万円。朝の九時から午後一時まで、その後は午後三時から午後七時まで働いて、といった具合に頑張っていたらそんな金額になった。だがその時私は私立の高校に通っていて、その学費は自分で負担しようと心に決めていた。だからそのうち四万円は母の元にいっていた。残りの三万円、それをベッド代に当てたのである。

私は公立高校を受験した。だが已むなく落ちて、併願していた私立高校に行くことになった。最初は気落ちしていた。制服も、落ちてしまった公立高校のは可愛いチェック柄のスカートなのに、私立はセーラー服。セーラー服の中でも可愛い方なのだが、私には納得いかなかった。しかもどれもこれも高い。靴下も八〇〇円していた。元々そんなに裕福じゃないことが分かっていたから、私はそれもあって気落ちしていた。

私のせいで家計が逼迫していたらどうしよう。そんな思いもあった。だからバイトをしてお金を稼ぎ、それを学費に当てていたのだ。だが母はそれを私の為に貯金しているという。

私立高校を辞めたあと、通信制に通いだしてもバイトは続けた。そのお金を生活費にあてて欲しかったからだ。だが母は、そのお金も私の預金口座に貯金しているという。

私立高校に通う際は、電車とバスを使っていた。相鉄線に乗り、バスに乗るのだ。だがバス代が学割でも結構高く、私は一つ先の駅まで電車で行って、そこから徒歩二十分という道を選んだ。私の足では二十五分だったのだが。最初は友達もそれに合わせてくれていた。だが次第に私の足の遅さに呆れ、しまいには一人で通うことになった。

それをどうしても母には言い出せなかった。

私は中学時代、イジメにあっていた。イジメというイジメでもないのだが、中一の頃、二学期からだろうか。夏休みが終わった頃、唐突にそれは始まった。シカトだ。元々友達以外とは話さなかったからそれはよかったのだが、机と机の間を歩く際に鞄をわざとぶつけられたりしていた。ただ、それだけのこと。だが私には耐えられなかった。

それを両親に話した。すると両親、主にパパが憤り、主犯格の子の家まで電話をかけたりした。それが影響してイジメはさらに広まり、次第に仲の良かったクラスメートまで私をシカトするようになった。だがそれでも私は耐えて学校に行っていた。友達がいたからだ。小学校時代から仲の良かった愛美という子だ。だがその子もクラスが別れ次第に疎遠になり、しまいには学校に来てるのに、「今日は休んでいる」と友達に言わせるほどになった。

私は独りになった。それでも学校に通い続けた。一年生最後の給食の時、好きなグループで食べていいというルールになったが、誰も私を誘ってくれず、一人で食べた。男子がそれに見かねて声をかけてきた。私は笑って給食を食べた。

二年生になって、離れていったクラスメートのうち二人と同じクラスになった。私は誰も信用できず一人ぼっちだった。そこに二人は声をかけてきた。最初は憤りを隠せなかった。だが何度聞いても二人はそんなこと知らなかったとシラを切りとおすだけだった。そのうちの一人とは、まだ付き合いがある。葵という子だ。私は独りになるのが嫌な為だけに、それからはそのことを何も話さずにおいた。きっともう葵も忘れているだろう。葵自身も嫌な思いをしているのだ。

友達から、「あの人達、理沙ちゃんの悪口言ってるよ」と聞かされるコトが度々あった。

その度に思った。

私、何かした？

何か悪いコトした？

罰を受けるコトを、神様に嫌われるようなことを私はしただろうか。

皆、そうなの？

皆、つらいの？

皆、私と同じ思いをしてるの？

それなのに、じゃあどうしてあの子はあんなに笑ってるの？

ねえ、ねえ。

——ねえ。


こんなに痛いのに、どうして伝わらないの？


居場所を探してはいけないのだろうか。

見つかったら失うのだろうか。

私が死ぬまでそうなのだろうか。

いつから私は、「イジメられる側」の人間になったのだろう。

問いかけても、この部屋から答えがもれることはなかった。

（きっと誰も知らないのだろう。こんなにちっぽけな私だから、そんなちっぽけなモノの悩みな

んて、果てしなくちっぽけなのだろう）

——そんなことがあったから、私は朝一人で通っていることをママに言い出せずにいた。

そして、ずっと言わないままだった。それから時が過ぎて今になる。

お腹が空いた。時計を見れば十二時だった。だが私は夏休み中、一日一食ダイエットを遂行しようとしていたので、食べようとは思わなかった。母は、仕事が休みの土日は昼食を作ってくれるので、その願望も泡と化すのだが。「笑っていいとも！」を見ようとテレビをつけた。w-inds.の出るCMが流れるのだ。月・水・金だけ流れるCMなので、私はそれが見たいが為に「笑っていいとも！」を見ていた。

時々火曜日にも流れたりした。だから目が離せなかった。私は嫌なことを思い出したと朝のメールを思い出すことにする。今考えても嬉しい。あのまま話がとんとん拍子に進んでくれたらいいのだが。そして絵本が出て、売れて、お金が入って両親に親孝行が出来たら、どんなにいいだろう。

私はそんな妄想を抱きつつ、窓辺からベッドへと戻った。テレビを見るには此処が特等席だ。ベッドにもぐり込み、布団を半分丸め、人に見立てて声をかけた。

「うまくいけばいいね」

「うん。そうだね」

「きっとうまくいくよ」

「そうだね」

「全てが君の思うがままさ」

「そうだったらいいな」

「そうなるよ。いつか。いつか、ね」

「うん」

私は眠くなって眼を閉じた。ああ、ＣＭにw-inds.が出るのに……。そんなことを思いながら眠りについた。

気がつけば夜の六時半だった。この時間を目安にママは帰ってくる。ピョコンとベッドから飛び起き、ベッドサイドにある小さなテーブルの上に置いてあった眼鏡をかけて、お茶の入っているガラス製のマイコップとダイエット食品の「油どっかん」の黄色い一包を持って、リビングに向かった。すでにママは帰っているらしく、いい匂いがたちこめていた。

あぁ、お腹減った。

私はテーブルの定位置の椅子に座ると、夕飯が出来るのを待った。だが何となく落ち着かず、ママが料理を作っている台所に行っていつもその料理をする様を立って見ていた。もうすぐ出来上がるようだ。私はマイコップの中に入っているお茶をグイッと飲み干すと代わりに水を注ぎ入れ、その中にグレープフルーツが主な原料の「油どっかん」を入れた。味はグレープフルーツジュースを水で薄めた感じだ。不味《まず》くはない。飲める。私は飲み干した後、もう一度ママの姿を見た。ママはそんな私に気がつき「もうすぐ出来上がるからね」と付け加えた。

「うん」

私は頷き料理を運ぶ手伝いをする。今日は天麩羅《てんぷら》らしい。私はジャガイモの天麩羅が好きだった。だがよく聞くと、よそ様の家ではサツマイモの天麩羅は作るが、ジャガイモの天麩羅は作らないらしい。美味しいのに、もったいない。

私は独りごちながら大皿を運んでいく。普段は新聞紙の上に乗せるのに、とそこまで考えて、そういえば、と思い出す。家は新聞を取っていなかったのだ。前まではとっていたのだが継続の手続きを滞ってしまい、今は已むなく新聞なしの生活をしている。こちらから呼べばいいのだがそれじゃあ貰える粗品が少なくなるから、とじいちゃんが待ちなさいコールをしたのだ。そういうわけで家は今新聞を取っていないのだ。

大皿にキッチンペーパーが引かれた上に乗っている天麩羅は、いつにも増して美味しそうに見えた。だが私はジャガイモの天麩羅しか食べない。魚介類も玉ねぎもあまり好きではないからだ。因みに肉もあまり好きではない。ステーキを見ると吐きそうになる。だが大の甘党で、それに反して体重が増えていくのだ。

「本来なら太らない人のメニューなのにね」

とよく言われる。最近はお菓子も我慢している。朝食抜きダイエットも試みているが、それが逆に太る原因らしいことがメル友の証言でわかった。お相撲さんと同じことをしているんだよ、と。だがそれでも食べないのに越したことはないと、今も続けている。それも太る原因か。

私は皿に乗った天麩羅をつまみ食いした。それを見てパパが「先に食べてていいよ」と言う。私は遠慮なく先に食べさせてもらうことにした。何にせよお腹が減っているのだ。多分それで目が覚めたのだろう。

あーあ。あの妄想のように目が覚めたら祐樹一行がいる、なんてあったらいいのに。

そんなことを思いながらジャガイモの天麩羅をむしゃむしゃとかじり始めた。

夕飯を終え、部屋に戻るとまずパソコンの電源を入れる。そして完全に起動する間に、〝ＥＶＥ〟と書かれた頭痛薬のケースから四錠の薬を取り出して、台所に飲みにいく。この薬は精神安定剤だ。去年の十二月九日から通いだしている「柳橋メンタルクリニック」の処方箋に書かれたとおりの薬を貰っている。

実は以前も心療内科に通っていたことがある。それはまだ私が私立の高校に通っていた時。九月だった。ちょうどバイトを辞める時だった。学校にいるのが何となく辛くて、クラスにいると自然と涙が止まらなくなったりした。それは私の席の周りが男子だらけだったというのもあったと思う。その高校は元は男子校で野球が強いことで有名だ。だからだろうか、男子の方が圧倒的に数が多い。私のクラスは四十人中三十二人が男子だった。だから女子は私を含めて八人しかいなかったことになる。

その中で友達も出来、次第に学校にも慣れだした頃、中学時代からあった私の癖が災いとなった。とにかく人の名前が覚えられないのだ。それが関心のない人達なら尚更。いつだったか、琵琶の講演会を学校で開いた時そのネタが持ち出され、「どうせ計算だろう」と言われた。それはそれで良かったのだが、それから男子が急に怖くなりだした。

九月に入って、決定的なことが起きた。クラスにいるのが居たたまれなくなり、とにかく怖くて耳を両手で塞いで、丁度、頭を抱える格好で蹲っていたら、友達の安奈ちゃんが心配してくれた。その子は明るい子で男子からも好かれていた。私はその行為に甘えることにした。禁止されている携帯を持ち出して、「トイレです」と先生に言い、教室から飛び出してトイレの個室に隠れた。

そしてメールで安奈ちゃんを呼び出すと今までのうっぷんを晴らすかのように、全てをぶちまけた。教室が怖かったこと、涙が止まらなかったこと、男子が怖かったこと、最近一人になることが多かったこと、その全てを、だ。

そしたら安奈ちゃんは、自分の通っている心療内科を教えてくれた。こんな子でもそんな場所に通うのか、と少し意外に思ったのを覚えている。とにかく明るい子なのだ。安奈ちゃんに私の携帯で安奈ちゃんのお母さんに電話してもらい、その心療内科を紹介してもらった。するとクラスの女子の一人がトイレに来た。心配して来たのだろうか、と思ったが違った。

「クラスの男子が騒いでるよ。安奈がいなくなったからそれが理沙のせいだって。授業料の無駄だって。早く帰ってきな。それにね、私ずっと思ってたんだけど、薬なんかに頼る人って嫌い」

その子の話を、私はガタガタと震えながら聞いていた。誰かに嫌われるということ。その怖さ。それが身にしみて感じられてくる。怖かった。そして同時にもう二度と学校なんかに来るもんか、と思った。それから数分して、授業中にトイレで話している三人の姿が学年主任の先生に発見され、御用となった。トイレ外でクラスの男子が安奈ちゃんを心配し騒いでいたらしい。私は「この子は私を心配して来てくれたんです。何の関係もないです」と一言を言って、後は全て耳を塞いでいた。

担任の名前を今でも覚えている。一木先生だ。女の先生で私の得意な国語科担当だった。一木先生は強い先生で、私にいろいろな言葉をくれた。「トイレに隠れるのは、やり過ぎたね。今度からは職員室においで」だとか色々。

だが結局その日を境に学校には行かなくなった。教室には「そんなに学校が嫌なら辞めればいいだろ」という男子が溢れていたからだ。彼らにすればもっともな意見を言ったに過ぎないのだろうが、当時の私にはきつい言葉だった。

それから一木先生が家に電話した為、そのことは家中に知れ渡ることになった。これで二度目だ。そして二度目にして私は不登校生になった。

それからすぐ紹介してくれた心療内科に行ったが、高校生は不安定な時期だからと断られた。だから仕方なく地元で探していると、私の住んでいる大和にも心療内科があることを知った。

そしてすぐにそこに通うことになった。名前は覚えていない。だがその作りが豪華だったことと先生の薄っぺらな笑みは覚えている。男の先生だった。そして十二月。大学病院の精神科を勧められた。それから一月まで精神科に通うことになった。そこも男の先生だった。渡された薬がきつくていつも眩暈を起こしていたのを思い出す。ベッドから離れられなくなり、辛かった。

私は本当に病んでいるのだろうか。そう思った。心がすさんでいるのだろうか。

それはどういうことだろうか。私に、そんな私に生きていく意味などあるのだろうか。

精神科という病院に通い薬を打つ日々。私は何処が異常なのだろうか。

何がいけなくて何が良いのだろうか。私は何か間違ったことでもしただろうか。

私は生きていく価値のある人間なのだろうか。果たしてそこに意味があるのだろうか。

この命に意味なんざなくても。

生きていかなくてはならないのだろうか。私は私を放棄できないのだろうか。

この躰で生きていくしかないのだろうか。私は何がどうして私なんだろうか。


そんな時、真実ちゃんから教えてもらった漫画『最遊記』を思い出した。

中学三年生の時に教えてもらい、以来ずっと読んでいた。その言葉が、生き様が、好きだった。

「自分の為に生きて、自分の為だけに死ぬ。それが俺のプライド」

その言葉に何度救われたことだろう。私は私を生き抜いていくのだ。たとえ何があろうと、生きる。たとえ何があろうと。

私はそして生きることを決めた。私立高校をその月の末日にやめ、新しい道を歩んでいった。

だが一度、死のうと決意したことがある。友達と遊んでいて、帰り道、ふいに独りになったのを感じて、少し、いや、この胸の陰りが出るくらい不安でしょうがなかった。そして家に辿り着き、洗面所に向かうと置いてあった剃刀で手首を切った。最近の剃刀は新しく、ガードがついていて、なかなか切れない。だから私は剃刀を縦にして、何度も何度も傷痕をつけた。

それがまるで生きる証みたいに。その行為に意味なんざなくても。

点々と浮かぶ血の色が妙にリアルで。私は生きていることをこの身に感じられた。

そしてすぐリビングに行き、椅子に座っていた父にそのことを告げた。父は少し怒っているように見えた。和室で寝ていた母を起こし応急処置を受けた。倖い、薄い皮膚を掠めただけだったので大事に至らなかった。その時の私には倖いではなかったのだが。ふいに、涙がこぼれ出した。死のうと思った私でも泣けるのかと、どこか他人事のように思っているもう一人の私がいた。

数日後。父から告げられた。

「手首を切るのはもうよせ。でも辛くなったらいつでも言いにおいで。守ってあげるから。学歴なんて関係ない。そんなちっちゃなことで人を判断する奴なんかほっとけばいい。相手なんていくらでもいるんだ。理沙は理沙らしく精一杯生きろ」

私はふいに涙がこぼれた。それを止める術を誰かに求めたいほどだった。私は生きていいのだ。どんな存在理由でも。

私は生きているのだ。流れる涙はまだ温かい。傷を痛いと思う正常な心がある。私は私なのだ。私は、生きていていいのだ。嬉しかった。と同時に痛みが沸いた。それが生きていくということなのだと、その時、初めて悟った。

それから精神科には通わなくなった。それから一年後、また再発するまで。


それは「サイコドクター」というドラマがきっかけだった。一クールに亘り放送され、私も興味を持って見ていた。その中に不安障害という人が患者で出てきた。何をやっても不安になるのだという。確か安奈ちゃんが同じ症状だったなと思い出した。電車に乗っても止まるんじゃなかろうかとか人の話声が悪口にも聞こえたりだとか。咳をするだけで鼻をすするだけで私は臭いんじゃなかろうかとか。そんな単純なことに流されるほど、私の心は弱っていた。私はそれを見て自分と重ねた。そして車の中でこう告げた。「病院に行きたい」、と。

最初、徒歩でも行ける近くの少し大きな病院に通うことが決まっていた。心療内科を探していたのだが、質問票に色々なコトを書いている間に、看護師さんから「此処は心療内科だけで精神科ではないので」と言われた。「うちの精神科は心でなく躰の精神しか受け付けてないんですよ」と。それだけ重症に見えたのだろう。

私は俯《うつむ》きながら泣いていた。その帰り道から、私は家族に必要最低限しか話さなくなった。いつも下ばかり向いて暗い女の子になっていった。母が電話帳で色々な病院を探してくれた。

そして小田急線で大和から二駅の南柳橋にある「柳橋メンタルクリニック」に行くことが決定した。

二回目の問診で私の病名は「統合失調症」と診断された。どういう病気かそこそこしか分からなかったが、それが何となく私に似合っているように思えて、密かに自嘲した。

そこの先生は女の先生だった。さばさばしていて実に好感が持てる先生だった。私は色々なコトを喋った。だがあまり分かってもらえていないのだと思い、少し、哀しかった。

その頃から音が変になる症状が現れ始めた。音が変になるとは、中性的でただ怖くなるのだ、周りのもの全てが。誰かの視線を感じると、音が変になってしまう。だから必死に目線をそらして歩く。なってしまったときは、頭の中で、通り過ぎてゆく全ての人の顔をめちゃくちゃに切り裂いた。そして、癒されるコトはないのだけれど。——ないのだけれど、殺していた。頭の中で、何度も何度も見知らぬ誰かを殺してきた。殺し、殺して、——きた。

汚れた私。生きる価値などない。

汚れた私。ずっと、いつまでも、汚れた私。

声が歪んで聞こえたりもした。そして同時に薬の副作用で字が書けなくなっていった。

また、もう一つ、薬の副作用で目が上にあがってしまうという困った症状も現れた。それは薬の「セレネース錠」の副作用だということで、それを止める為に「アーテン錠」を渡された。だが「セレネース錠」を完璧にやめたわけじゃなかったから、その症状は今でも続いている。

今は、だんだん字は書けるようになってきた。ここに来て薬の量が減ってきたのだ。血液検査をした結果、重度の貧血と診断された私は鉄剤を飲まされた。それが思ったより値段が高くて私はすぐにそれがなくなるように願った。そして半年後、鉄剤のおかげで貧血もなくなると薬の値段は三分の一まで減った。それは嬉しいことだった。

パソコンの画面を覗くともう起動準備は終わったらしい。早速メールチェックをした。すると嬉しいことに出版社から返事があった。

「物語読んだよ。感想は、、、、とてもおもしろかったよ。今度電話で話してみたいな」

嬉しかった。その場で飛び跳ねんばかりだった。分かってくれる人がいる。それだけで巧く歩けるような気がした。私は早速返事をした。電話番号とお礼の言葉を添えて「送信」ボタンをクリックした。これで本が出せるかもしれない。親孝行が出来るかもしれない。

嬉しい。嬉しい。

私は舞い上がりながら携帯の電話が鳴るのを待った。明日か明後日か。またその次の日か。何時だろう。何時でもいい。ただ嬉しい。今までマイナーな考えをしていたから尚更のことだ。

私は信じてもいない神に感謝を捧げ、その日はそのままベッドに横になり、瞼を閉じた。

突然、アシスタントのリエちゃんにこんなことを言われた。

「先生、人殺したことありますか?」

「あるよ」

とだけ答えると、

「あるんですか!?」

と動転した顔と声で返される。

此処はリビング。皆ダイニングテーブルに座ってゆっくりとしていたところだった。

私が上座に座り、祐樹が斜め横にいる。その隣に海良。向かいに蝶理と易楢。私は祐樹のこめかみの辺りを気にしながら、リエちゃんの顔をまじまじと見た。

まぁ、言ってもいいだろう。うん。

「いつです?」

「小三の時。まだボルツのヘッドだった時だね」

リエちゃんは祐樹達と遊びに来ていた三郎達から、私の何たるかは聞かされていたようだ。それを踏まえたうえで私は答えた。

「誰です？」

「ライバルのヘッド」

「どうやって殺したんですか？」

「銃でこめかみ一発」

「苦しまなかったんですか？」

「銃で頭一発だからねぇ。即死なんじゃない？」

「なんとも思わなかったんですか？」

「その時はね。今は死ぬってどういうことなんだぁって分かるけど、その時は死ぬコトなんてどうでもよかったから」

「……ってこんな真剣な話を漫画読みながらしないでください！　しかも煙草と酒も飲んで……」

煙草と酒は小二の頃からやっている。煙草は一日五箱近く消費していた。「死ぬぞ」と祐樹に言われたが、やめることが出来ない。それを言ったら「俺もだがな」と返された。つまりはそういうことらしい。

「えーっ、だってこの漫画おもしろいんだもん。ななかっていう十七歳の女の子が六歳の知能に戻っちゃうの」

「そんなことどうでもいいです！　もう……」

「これ真剣な話だったんだ」

「そうですよ！　察してください」

「はいはい」

「しかもそれ、男性向きの本じゃないですか？」

「そーなの？　まっおもしろいからいいけど」

「……もしかしてその銃、今も持ってるわけじゃないですよね？」

「持ってるよ」

「えっ!?」

「うっかり持ってきちゃったんだよね。引越しの時、処分する予定だったんだけど」

「そんなぁ……」

「クスリも持ってきちゃったなぁ。あれ、私には効かないんだよね。普通、耳掻き一杯分が一回分の目安なんだけど私、その三倍はやっても効かなかったからなぁ。皆はラリッてたけど」

「先生……」

だんだんと諦めの表情になっていくアシスタント、リエちゃん。あーあ、可愛い顔が台なしだよ？

「まっ、煙草も酒も効かないんだけどね。あっもうクスリ、やってないから安心して」

「そういう問題じゃないです!!　先生、子供もいるんですよ!?」

「そうだねぇ」

「『そうだねぇ』じゃないですよ！　少しは自覚してください!!」

「これでも妊娠中は酒も煙草もやめたんだけどね」

「当たり前です！」

「はいはい」

「……何だか先生、『久保田』みたいです」

「前は祐樹みたいって言われてたけど」

「祐樹にも似てますけど、喋り方は久保田ですよね」

「態度も喋り方も祐樹だったんだけどなぁ。私も成長したのか。っていうと祐樹はまだ発展途上？って嘘、嘘」

祐樹のこめかみ辺りに嫌なものが見えたので、軽く言葉をはぐらかす。それを見てリエちゃんは「はぁ」と盛大な溜め息をついた。あーあ、溜め息吐くと倖せ逃げるよ？　って私のせいか。うん。

「まっ、いいよね」

「良くありません！　あっ、先生、原稿まだですか？　締め切り迫ってますよ？」

「迫られたらヤるタイプなのよ、私って」

「冗談言ってないで早くあげてください!!」

「実を言うとネームもあがってないんだよね」

「せ、先生！　のんびりしてる場合ですか！　早く描いてきてください!!」

「はいはい」

と、私は二階の自室へと行く。すると後ろからリエちゃんが、

「あと先生ご飯食べてくださいね？　いつも朝食食べないから」

と言ってきた。

「前までは朝昼食べなかったんだけどね。これでも成長した方よ？」

「まだまだです」

「お腹減らないいんだよなぁ」

「だからそんなに痩せてるんですよ。先生身長体重どのくらいですか？」

「一五四センチ、三〇キロ」

「さ、三〇キロ⁉　あと一キロで死にますよ、先生‼」

「あぁ、医者からそう言われた」

「言われたならもっと食べてください‼」

「そう言われてもねぇ」

「易楢さん見習ってくださいよ。今だって昼食食べ終わった後なのにもうおやつ食べてますよ⁉」

それを言われて「うぐっ」と易楢が宇宙と化した胃袋から食物を吐き出す。それを私は「あーあ」と言って眺めている。

うん。何か調子良い。

祐樹がふとこちらを見た。その眼は何かを物語っている。

「良かったな」そう言われている気がして思わずはにかんだ。そしたらリエちゃんが「何笑ってるんですか」と言って見破るので、危うく上りかけた階段を落ちそうになる。

「おっとっと」

「うわっ！　気をつけてくださいよ⁉」

「はいはい」

「本当に分かってるんだか……」

「分かってるよ――」

「だったらいいですけど」

と言ってリエちゃんが一緒に上っていた階段を下りる。と、そこへ、

「……声が聞こえる」

「えっ？」

とリエちゃんが怪訝な顔をした。リエちゃんには聞こえないらしい。

「ゆうやが泣いてるんだ」

自室へ上がるのとはえらい違いの速さで二階に行くと、そのままゆうやの部屋へ行く。ドアを開けると、吹き抜けの一階まで届くくらい大きな声でゆうやが泣いていた。

「はいはい」

そう言って理沙が入っていく。理沙が抱き上げると、ゆうやはすぐに泣き止んだ。

「先生、ああいうのには敏感なんですね」

「親ですからね」

それを蝶理がやんわりと笑顔で受け答える。

「やっぱ保護者や飼い主は声を聞き分けるんだな」

そう海良が言うと、

「俺は犬や猫じゃねぇ！」

と易楢が食べ物が口の中に入ったままで海良に反論する。それを待っていたかのように海良も

反論し、しまいには取っ組み合いの喧嘩になっていく。それをイライラと聞き遂げる祐樹と、笑顔で見守る蝶理。

「うるせぇ！　喧嘩なら外でやれ!!」

しまいには保護者がキレてその喧嘩は一旦止むが、また再発するのは時間の問題らしかった。

「ったく。どこまでいっても馬鹿は馬鹿だな」

「同感ですね」

蝶理はそう言うと、昼食の後片付けにキッチンへと入っていく。すると珍しく海良がその後を着いて行った。実はこの二人、この家に来てから付き合い始めたらしい。目聡い私がそれを発見したのだが。私はそれを見て、

「現代の女じゃ飽きちゃったかなぁ」

とぼやいていたが、そうでもないらしい。事実、前の家にいた時はよく外出していたものだ。

「今更相手の良さに気づいたんだろ」

と祐樹が付け足した。

「そうだねぇ」

となごやかになるのを自覚しつつ、その時はその場で終わった。

そんなこんなしているうちに、私はゆうやを連れて二階から下りた。ゆうやは最近七ヶ月目にしてはいはいができるようになり、元気でお盛んな年頃だ。

「先生――。原稿は？」

「ネーム見たら上がってたよ。今から作画する」

「……ネーム切ってたの、忘れてたんですか……?」

「うん。ちょっとね」

「ちょっとねって……。まあいいですけど、終わってたんなら」

「ねぇ」

「はい?」

「いや、賛同しただけ」

「そうですか……」

と、リエちゃんを呆れさせつつこの日は賑やかに幕を閉じた。

Delusions End

In Dream Part 1

夢を見ていた。その中では、「呪われた一族」の一人だった。

何が「呪い」なのか。「何」が悪いのか。果たして「何か」をしただろうか。

夢の中で、私は絶えずその自問自答を繰り返していた。

私は病院の部屋でただ呆けて立っていた。ベッドサイドの物置にはちっぽけな拳銃が置いてある。物音がした。私が振り返ると、其処には戌の紫炎《しえん》が立っていた。

「どうしたの？　まだ寝てなきゃ駄目じゃない」

私がこうなるのをどこか予想していたような目つきだ。

とは言っても私は眼鏡を掛けていないから、予想でしかないのだが。

「お前には関係ない」

そう言うと紫炎は失笑して私をただ見据える。

その瞳に腹が立って、思わず拳銃を手にして銃口を向けた。

「それ実弾？」

そうだ、と答える代わりに私は、ガウン、と紫炎の頭のすぐ横を撃ってみせた。

「相変わらず理沙には迷いがないね」

紫炎はそれを何処か、また失笑して見届けていた。

「邪魔だ。どけ。ドア塞いでんじゃねーよ」

「分かったよ。でも退院するには早いんじゃない？」

「うるせぇ。私の勝手だろ。これは私の躰だ」

「まっ、そうだけどね」

銃音を聞きつけて医者達がやってくる前に、私は部屋を出た。

この時、私は小二だった。そしてボルツのヘッドを務めていた。喧嘩もいくらだってした。

それが生きている証だったから。生臭い血の臭いを嗅いで生きていくコトが私の全てだった。

この頃、私は道場に通いだしていた。最初、道場に土足で入り、師範である目の前の男にこう告げた。

「強くなりたい。もっと、もっと」

そしたらその男は一言だけ、「上がってきなさい」と言った。私は一旦戻って靴を脱ぐと泥だらけの足跡の上を歩き、師範の後ろをついていった。

それから私は道場に通いだした。一日も休むことなく。誰にも負けたくない。ただそれだけを胸に、誰かれなしに戦ってきた。やがて道場の中の誰より強くなると、私はそこへ寄り付かなくなった。その手前、師範は私を目の前に座らせるとこう言った。

「強くなりたいと言ったね。本当の強さは拳じゃないよ。それを忘れないでください」と。

「分からない」

私はその理解を投げ捨てた。強さとは、目の前のものを倒して初めて得られるものではないのか。だから貴方も道場を開いているのではないか。私は疑問符を押し流し、人知れず道場を後にした。

それからボルツのヘッドとなり、幾らかの喧嘩もした。それが、全てだった。

「ヘッド、またあいつら縄張り荒らしてます」

「私が行く。他の者はついてくるな」

私はいつもそれだけを口にし、一人で戦っていた。この忌まわしい躰を弄ぶように、ただそれだけを生き甲斐に戦ってきた。

やがて五十人に囲まれた。私を抹殺するよう何処かのヘッドに言われて集まった者達だろう。私は屈せず一人残らず暴力に伏せた。それはどのくらいの時間を要しただろうか。

私は鉄パイプを持ち、何度も何度も倒れている男を殴り飛ばした。溢れかえる血。むせ返る男。やがて男がピクリとも動かなくなった。

「ヘッド、もうそいつ、気ぃ失ってますよ」

そう言われてやっと鉄パイプを放り投げた。

私の生き様とは、こういうものであった。

「あぁ、お前は見境なく人をヤるな」

紫炎だった。何処かでこれを見ていたのだろう。返り血で溢れた私を少し怪訝な顔をして見ていた。だが生憎、私にはその表情は読み取れなかった。

「それが、生き甲斐だから」

私はそれだけを言い残すとその場から去っていった。どうせろくでもない者達の集まりなのだ。鎮魂歌もいらないだろう。

「そうだね」

紫炎はそれをどこかおもしろがるように取って付けた。

私らしさとはどんなものだろう。

やがてまた喧嘩が始まり私は初めて人を殺した。男の持っていた銃を奪い、躊躇いもなくその額を一発撃った。何ともあっけない事切れだった。私は絶対にこうは死なないと誓いを立ててやがて其処を後にした。

どうせ何の値打ちもない陳腐な者達の集まりなのだ。それは、私にも言えることだった。


小五になった。私はある男にスカウトされ芸能界に入ることになった。そういえばまだ私が幼稚園に通っていた頃、家の炬燵の上で玩具のマイクを持って唄っていた事がある。それをふいに思い出し、この躰中の傷痕を舐めた。誰かと舐めあうためだけに作って来たわけじゃない。母親は私を見ると半狂乱を起こし暴力を振るった。私はそれを避ける術を身につけていたが、どうしてもそれをかわすことは出来なかった。この躰中の傷痕が私の全て。それを承知の上、その男は私を歌手としてデビューさせると言った。「呪われた一族」である私は、当主であるケンジにそのことを告げなければならなかったが、敢えてそれはしなかった。

小五の時、私は自殺未遂を初めて起こした。母親に自室に閉じ込められ、一週間が過ぎた頃だった。現場になかなか来なくて連絡も取れない私を心配して、男が家に駆けつけた。そして私が発見された時、私の頭の中には死しか存在しなかった。

走って台所へと向かう。そしてシンク下の収納の中に収まっている包丁を手に持つと、何の躊躇いもなくそれをわき腹に刺した。

私には何もない。生きていく意味も。死んでいく意味も。空虚な痛みだけを抱え続けている。

母の顔がチラッと見えた気がした。それが笑っていたように見えたのは私だけだったか。

私はその包丁を引き抜いた。そして角度を変えもう一度、刺す。血が溢れ返っていた。何度も死体を見てきたはずなのに、そんなときでさえ私は死んでいく意味が分からなかった。どうして私は生まれたのだろう。どうせ死んでいくなら生まれなければいいのに。生まれた意味などあるのだろうか。果たして命をかけてまで生きていく意味が私にはあるのだろうか。

「ないんじゃない？」

そんな声が聞こえたのは、目覚めた病院のベッドの上だった。紫炎だった。

「そうか」

私は起き上がった。着せ替えられた病院服を脱ぐ。その背中に視線を感じた。

その背中にも無数の傷痕がある。煙草の烙印。打撲の痕。引っかき傷。肉を抉られた痕。

私は近くに置いてあったあの日の洋服を着るとドアへ歩いていった。

「まだ退院するのは早いんじゃない？　あれから一日も経ってないよ？」

「人が生きていく意味、死んでいく意味、ねぇ其処に何があるの？」

死ねなかった。今度こそ死ねると思った。私を放棄できると思った。生きてく価値のないゼンマイ仕掛けの私に生きていく価値などないと思った。

紫炎は笑って答えなかった。笑ったと思ったのは私の予想だ。だが外れているとはあながち思えなかった。

私は「呪われた一族」の住む屋敷に来ていた。その際、窓から覗く白い足に気づいた。

何だ？

私が目を凝らすとそれは生きた少年の足だった。

どうやらこの部屋に閉じ込められているらしい。私は敢えてその少年を見た。

「誰？　あんた」

「海人《かいと》」

短く答える少年はどこか怯えているようにも見えた。

「何でそんな傷だらけなの？」

少年は私に問いた。

「母親に殴られるから」

「痛い？」

「別に」

そういえばこの少年には道場で会ったことがあった気がする。よくよく見れば、その顔は、「呪われた一族」が一堂に会す、くだらない行事でも見た顔だった。同じ「呪われた一族」か。私はそう思いながら「痛い？」と言われた真実を考え出す。この傷が痛いと思ったことなんて一度もなかった。本当の痛みを私は知っているから。こんな傷痕なんかじゃない。痛むのは、この小さな胸の奥だ。

「どうして其処から抜け出さないの?」

少年は何も答えなかった。

「そんなトコにいるくらいなら舌噛んで死ねば?　私ならそうするね」

少年はまたも何も答えなかった。そういえば私も一週間閉じ込められても死のうとはしなかった。少年もそれと同じだろうか。

私は振り返って歩き出した。通り過ぎ様、二人組みとすれ違った。一方は白髪の少年。一方は髪の長い少女だった。その少女と目があった。

どこか私に似ている気がした。けれど私は何も言わず、そこから去っていった。

私はどうやってか仕事現場に来ていて、突如屋上に向かった。それを男が追いかけてくる。

私は屋上の手すりの上に躰を預けた。そのまま其処を不安定に歩く。

「何を……ッ!!」

男は慌てたように私に言った。私はそちらを振り向いた。

「世界は広いね。あんな広い大地だから何もかも欲しがってこんなに狭くなったんだよね。——空は広いね」

「理沙?」

「空になってみたいよ」

私は両手をそのまま一つにして、頭上に上げてから顔まで下げてキスをする。

「僕等はとてもちっぽけなんだ」

少し手すりの上を歩いてビルの下を見る。

「だから僕が感じる痛みだって僅かなんだ。僕はちっぽけだから僕が感じる痛みだって微かで僕がそして死んでいくことも、とても小さいんだ」

私は前を見た。ただボーッと。

「空は何でも見えるのかな。例えばあの空の向こうだって。例えばあのビルの向こうだって。——空になりたい」

私は両手を広げた。

「あの空の中に何があるの？　ただ行って見てみたいだけなんだ」

その空に手をかざした。そして私は振り向く。そのまま両手を広げて落ちた——はずだった。

だが繋がれた温もりがこの躰にある。上を見ると男が私の手を掴んでいた。

「——ねぇ、空って何でも見えるのかな」

「理沙、後にしろ！」

「例えば人の心も」

「——？」

「人って何で泣くのかな」

男は涙を流していた。

「生きてたら——生きて此処に帰って来たら教えてやる」

私は少し手を緩めた。

「理沙！」

そして瞳をゆっくりと閉じるとその手をキック握った。

「はあはあ」

男は息を乱している。私はそれを見ずに引き上げられた痛みにただ座り込んでいた。

「ねぇ何で?」

「知るか。そんな答え自分で見つけてみろ」

騙したな。私は呪われているのかもしれない。死ねないのだ。どう足掻いても。どう踠《もが》いても。

それから中三になった。ただボーッとスタジオの廊下を歩く。ドアがあった。開けようと手を伸ばしてドアノブを取ると、向こうから開いた。私はつんのめり、其処に人がいることを確認する。

ヤバイ。そこにいたのは少年だった。だがその思考よりも早くこの躰はつんのめっていった。

「いたた……」

少年が頭を抑える。周りを見ると先ほどぶつかった少女がいない。

代わりにいるのは散らばった服と青い鳥だけだ。

おかしいなぁ。

少年はよくよく考えたがやはりおかしい。すると鳥がピーッと小さく鳴いた。少年はその鳥を指に乗せる。まさかあの少女が変身したわけではあるまい。

「綺麗な瞳だね」

青い躰に青い瞳を持つ鳥だった。少年がその鳥を撫でようとすると目の前が靄で包まれた。

何だろう。

少年が目をこすると、其処には先ほどの鳥ではなく、何も着ていない裸の、先ほどの少女がいた。

「……鳥が人間に変身した」

「……鳥が人間に変身したんじゃない。人間が鳥に変身したんだ」

少女はかろうじて胸の部分を抑えているだけだ。少年は慌てて散らばった服を回収する。その様を、少女は黙って見ているだけだった。

「見たからには、かいらに記憶を消してもらう」

先ほどの場所から少し移って人気のないスタジオ奥に二人は来ていた。

呪いなのだ。これが私達「呪われた一族」の呪いだった。

額が何かに触れると、各々が関わりのある動物に変化してしまう。戻るのにそう時間はかからないが、「人間」という括りのある者が「動物」という括りの中にあるモノに変身してしまうのは、やはり「呪い」なのだろう。私はそれをただ「呪い」という一言で片付けたくなかったが、やはり誰かにバレた時、私はそれを「呪い」なのだと言って理解させた。そしてその後、こっそり「呪われた一族」のかいらにその私に関わる全ての記憶を消してもらっていた。

それは、紫炎も海人も、すれ違ったあの二人組も同じだった。バレたら最後。どんなに愛しい人であれ、結ばれることはない。結ばれることは許されないのだ。私達をまとめて総指揮をしているケンジもまた、私達の哀しい結末を笑って見ているだけだった。――彼は私達を束縛しておきたいのだ。カミサマだから――。

「折角、出会ったのにもったいないね」

私のその言葉を少年はいとも簡単に飲み込むとそう言った。意味が分かっているのだろうか。

「私と出会っても何の得にもならないだろ」

「そんなことないよ。人と人とが出会うには何らかの意味があるんだ。例えば花が散るように」

「――死んでいく意味なんてない」

「あるよ。生きていく儚さを尊さに変えるためだよ」

その少年はどこか無邪気で、私の長年の疑問もいともあっさり解決してしまった。

お気楽な奴だと思った。と同時に私を、こんな私を変えてくれるだろうかとも思った。

「――そうか」

「ねぇ、君、綺麗な眼してるね。青くて、澄んでて、聡明で」

「初めてそんなこと言われた。皆『化け物』だって離れてく」

少年がふいに頬に触れた。私はそれを思わず払い除ける。

「大丈夫だよ。僕は離れていかないから」

私は眼を見開いた。変えてくれるかもしれない。こんな、こんな汚れた私を。

「――少し寝かせて」

「うん、いいよ」

私は少年の肩に頭を乗せてそのまま眠りについた。こんなに眠ったのは久方ぶりだった。

目覚めると、少年はまだ隣にいた。名前を志乃《しの》というのだと後で聞かされた。

「今度家に遊びにきなよ。皆歓迎する」

ああ、志乃には家族がいるのか。ごく平凡な家族が。

「……ああ。だったら今日がいい。他に空いている日ないから」

「じゃあ、今から行こう」

そして辿り着いたのは小さな児童養護施設だった。

「此処は……」

「此処が僕の家。生まれた時から此処に住んでいるんだ」

ごく平凡な家庭で育っているのだと思っていた。母がいて父がいてもしくは兄や弟がいて。私とは違う家庭を築いているのだと思った。私は入るのを躊躇した。だが志乃はそれを見て綺麗な笑顔を見せると、私の傷だらけの腕を引いて中へと入っていった。

「あらあら志乃君、お帰りなさい」

「ただいま、先生」

「隣にいるのはお友達？」

「うん、そうだよ。今日知り合ったんだけどね」

志乃は、私が「呪われた一族」だということは話さなかった。彼だけの秘密に留めてくれるらしい。

「お帰りお兄ちゃん」

あきらかに肉親とは違う少女が志乃に声をかけた。

「ただいま、美咲《みさき》ちゃん」

それを志乃はやんわりと宥める。

「ねぇお姉ちゃん、一緒に遊ぼう」

そのお姉ちゃんが私を指すことだとは数秒分からなかった。

「あっ……」

「理沙、此処が僕の部屋。小さいけどね」

どう返事をしたらいいか困っているうちに志乃は自室を案内してくれた。それはこの広い空間を布で仕切っているだけの質素な部屋だった。

「……志乃」

「何?」

「一緒に暮らそう」

私は唐突にそう思った。

そう考えてからの行動は早いもので私は都内にマンションを買った。

「此処、いくらくらい?」

「三億。何でも買える紙切れなら、いくらでも持ってるから」

「そういえば月収二〇〇億円だっていうもんね。すごいなぁ」

「今日から此処で暮らそう」

「僕がこんなところに来ていいのかなぁ」

「お前は此処に住むに値する人間だよ。……私はたまにしか来れないけど、志乃はここでゆったりして」

「うん。あっ、台所も広いね。これなら料理沢山作れそう」

「志乃、料理好きだからと思って。私の為にも作って」

私が誰かに「お願い」したのはこれが初めてだった。

あれから、少しずつ笑顔も見せるようになってきている。変わった。こんな私が変わった。

たった一人の存在で。こんなに胸が熱くなるのだと初めて知った。

「じゃあ私は行くから」

「うん。仕事、頑張ってね」

私は志乃の為に作詞を沢山した。志乃の為なら曲だっていくらでも作れた。その気持ちをなんて呼ぶか、とうに私は気づいている。こんなにも胸が熱くなること、私は志乃が誇りだった。何者にも代えがたい大切な存在になった。

「君がいたから強くなれた」

「あの空を飛べるようになれた」

「この傷だらけの翼でも飛べるのだと気づかされた」

「あの空の中に何があるか分かった気が、した」

Cold

嘆くコトばかりが仕事の私を
「平気だよ」と笑う貴方が好きでした
温かい痛みがこの胸を過ぎり

生きていくコトをただ教えてくれた
強さの意味やっと分かった気がする

●冷たい頬に雨があたり
　君はただ拭ってくれる
　そしてその体温が私の全てとなる

痛いコトばかりが周り取り囲む
それでも君はただ傍にいてくれる
優しい痛みがあるというコトを
君はその躰でただ教えてくれた
生きてく意味　死んでく意味を知れたよ

●生き様を間違えて私
　一人佇んでいたね
　それを君は心に強く刻んでくれた

「ありがとう」ただそれしか言えないけれど

●冷たい頬に雨が当たり
君はただ拭ってくれる
そしてその体温が私の全てとなる

紫炎の家に行った。其処には海人の姿もあった。

「今度、此処に連れてくる奴がいるから」

「誰？」

興味があるのかないのか、薄く笑って紫炎は言う。

「志乃っていう奴」

「それって理沙の恋人？」

「——まあね」

ニッと笑って答える私を紫炎は意外そうに見つめた。

「……変わったね」

「そうかもな」


ある日、マンションに帰ると志乃の姿がなかった。仕事か、とあまり気に留めていなかったが、鳴っていた電話で気づかされた。

「三日間、連絡が取れないんだよ。理沙、知ってる？」

私は思い当たる節があって急いでドアを開け、地を蹴った。

辿り着いたのは見慣れた家のある本家。私は忌々しげに其処を見つめた。ただの空虚でしかない。――こんな場所。

私は乱暴に扉を開け、中へと入っていった。

「理沙さん、お帰りなさい。どうしました？」

「理沙さん？」

私は家政婦を無視して奥へと進んだ。奥へ、奥へ。行きたくない場所へ。

ガラッとドアを開ける。そこには見慣れていない顔と見慣れた顔。

「ケンジ、志乃が此処に……」

私は目を見張った。ケンジが薄く笑っている。嘲笑っていた。私は見開いた眼に、これでもかという程、それを映した。私の眼には、躰中が痣だらけで血塗れで倒れている志乃の姿が映った。

「志乃……ッ!!」

私がその名を呼ぶと、志乃はこちらを向いて笑った。それが何処か痛くて、思わず目を背けたくなる。

「理沙……」

「いい、喋るな。今、かいら呼んで……」

「ここにいて。……理沙、僕の笑顔、好きと、言って、くれたでしょ？」

確かに言った。未だその記憶は鮮やかに蘇る。

「志乃……」

「ありがとう。嬉し、かった。皆と、会うのは、また、今度ね」

そう言い、眼を閉じる志乃。掴んでいた腕から力が抜けた。

嘘だろ？

私は頭の中で反芻する。

嘘だろ？

この体温がなくなるなんて、嘘だろ。


嘘だ。


私の眼に見慣れない男の顔が映った。これ以上大切なモノなんて見つかるか。

するとガラッとドアを開けて入ってくる数人の男。かいら、紫炎もいた。

「ウォォォォォォォォ!!」

頬が微かに温かかった。その体温が私の流している涙だというコトに気づくには、まだ数分かかる。その間にできるコトはただ一つ。

「ウォォォォォォォォ!!」

かいらが私の躰を抑えた。

「放せよ。放せ!!」

私はその腕から逃れると目の前にいる、見慣れない男の顔を殴った。

「やめろ！」

後ろから声が聞こえるがそれを抑えることは出来なかった。

久方ぶりに感じる手の甲の独特の痛み。

続いて私の眼にケンジが映った。まだ薄ら嘲笑っている。この俺を殺せるか？　そう物語っていた。

——殺せるさ。

「ウォォォォォォ!!」

私はケンジを押し倒しその上に馬乗りになり何度もその顔を殴った。何度も止めに入る男。その度に「放せっ」と罵りあいが続く。やがてケンジが抵抗しなくなった。

「もうやめろ」

かいらの冷静な声に一瞬現実を履き替える。此処に在るのは全部夢だ。夢でしかない。

——夢だ。

かいらの腕に収まる私より小さな躰。

ぐったりとまるで人形のように在るべき者の様に其処に収まっている。

どうして？

どうしてこうなった。

私は大切なモノを守るために強くなったんじゃないのか？

どうして——？

「志乃……」

だがいくら呼んでも待っている返事は返ってくるコトはなかった。

未だ微笑む志乃の姿。未だ温かい志乃の体温。これが冷たくなっていくのはどうしてだろう。

死んだんだ。

私は言い聞かせた。

死んだんだ。

志乃は死んだ。もう二度とこの世に帰ってくることはない。冷たい頬。温かい手先。その料理。


志乃の墓は本家の中に建てられた。それはケンジの出来る一つの抵抗だろう。


神はどうして人に死をあたえたのだろう。

神はどうして人に愛をあたえたのだろう。


涙も忘れたこの躰でどうやって愛を紡げというのだろうか。

私は小さな墓にカセットの入っているMDを置いた。その中には、志乃が好きだよと笑ってくれた歌が詰まっている。もう二度と唄えない。そんな、歌が。

私はマンションに帰っていた。ふと机の椅子に座ると作詞した紙切れが置いてあるのが分かる。

もう唄わない、唄えない、歌達だ。

私はそれをザッと握り細かく破り上へ放り投げた。憂いの青い瞳がただ空を見上げる。降って来る紙切れが、ただの紙切れが、ただ、リアルだった。

私は台所へ行った。冷蔵庫を開ける。普段入っていた志乃の手料理はもう其処にはない。

野菜室を開け、私は入っていた一通りの野菜を抱える。

『理沙は料理しないの？』

『めんど――』

『理沙は手先が器用だからきっと上手だよ。巧くいかなくても大丈夫。僕がついてる』

その野菜達をまな板の上で切っていく。フライパンを取り出し油を引き、それを炒めた。

「――ちょっと量が多かったたな」

後ろに置いてある食器棚に食器を取りに行く。


『こんなに作ったのか？』

『沢山作った方が美味しいんだよ』

とても綺麗に笑う志乃。

それを見て私は食器を取りに行く。

『――なら、今度知り合いに会わせてやるよ』

『何人ぐらいいるの？』

『――私を入れて十三人かな』

『わぁ。それは作り甲斐あるね！』

『だろ？』

食器を手に、それをまな板の上に置く。

『皆、仲いいの？』
『私以外はいいんじゃないか？』
『ふーん……』
『ああ、仲悪い奴いたな』
『えっ？』
『猫と鼠』
『あっ、じゃあトムとジェリーだ』
『言ってやれよ。きっと喜ぶぜ』

フライパンを持ち、野菜炒めを皿に移そうとする。ふいに止まって、振り返った。

ザバァッ。そんな擬音がよく似合った。
私はかなりの量の野菜炒めをそのままひっくり返して皿に入れる。
当然、それは皿から溢れたり間から下に零れたりした。
『あー。零したー』
ブンブンと引っ付いている野菜を取ろうとフライパンを振る。

『わっ、飛んだ!!』
『あっ、こっちもだ』

私は箸を使って野菜を皿に入れる。入れ終わってかなりの量がフライパンに残った。

『理沙は零してばかりだね』
『悪いね』
『フフ、でも大丈夫。二人で拾ったら半分こだもん』
『?』
私は顔を志乃に巡らせた。
『それも思い出になるよ』

一片、野菜が下に落ちていた。それを拾おうと屈むと包丁に袖が引っかかり下に落ちる。危うく足に刺さる所だった。

『そいつらが一堂に会する時があるんだ。その時、お前も連れて行くから』
『うん! 楽しみにしてる』
ふっと優しく笑う私。
『ねぇねぇ、何時ぐらいになりそう?』

『――近いうちに』

『うんっ！』

『男ばかりだからな。チラホラ女もいるけど。まぁ、それなりに作ってくれる奴もいるだろうけど、志乃が作ってやったら喜ぶよ、きっと』

『うん！　腕を磨いておかなくちゃね！』

『そのままでいいだろ？　それ以上磨いたら美味すぎて失神しちまうよ』

『………』

『志乃？』

志乃のいる側へ顔を巡らす。

『――ありがとう』

志乃はとても綺麗な顔で微笑んでいた。


目を見開いて台にバンッと両手をつく。

「……ッ!!」

ガンッと台に右手を打ちつけてそのまま、まな板ごと皿を左手で後ろ手に投げた。

割れる皿。

散らばる野菜。

――志乃の顔。

屈んで皿を拾おうとする。そういえば。

まだ出逢って間もない頃、志乃の部屋でティーセットを落とし一緒に拾ったことがあった。

——とても綺麗な笑顔。

思わず志乃の手を握った。グッとグッと握る。もう二度と放さないように。

「痛いっ。痛いよ理沙……」

志乃の声。

ハッとして手を見ると、握っていたのは割れたガラス片だった。

温かかったのは体温じゃなくて自分から流れる紅い血。

グッと手を握る。溢れ出す紅い血。温かい体温。

思わず涙が浮かんだ。咄嗟に上を向く。


青い空が見える。其処を飛ぶ鳥。

幼い頃から涙など零さないように上を、上ばかりを見ていた。

青い空。其処を飛ぶ鳥。

眼を瞑る。拍子に涙が零れ落ちた。


「理沙は零してばかりだね。でも大丈夫。零れたら下で受け止めてあげるから」

とても綺麗に微笑む志乃。

とても、綺麗に。

「何でこんなコトをしたんだ？　もう自分を傷付けるマネはしないと思ってたがな」

私は本家へ行き、かいらの家へ向かっていた。

「此処に来ただけ進歩したと思ってよ」

「まぁな。前は怪我してもそのままテニスしてたぐらいだからな」

私は、かいらの真向かいに座っていた席を立って横に置いてある台へ向かった。並べられた医療器具の中にある小さな小さな鳥かご。

「医者は嫌いなんだ。うさん臭くてね」

「俺もか？」

「——さあね」

鳥かごを置いて部屋を出ようとドアに手をかける。すると向こうから扉が開いた。その先には裕子《ゆうこ》ちゃんと芭唐《ばから》と白髪の三人。

「理沙さん！　大丈夫ですか!?　自分でガラスを握って怪我したと聞きました。急いで飛んできて……」

「——紫炎からか」

裕子ちゃんは紫炎の娘だ。あいつからよくこんなに可愛い子が生まれたものだといつも感心する。——だがやはり、母親の存在は知れなかった。もしかしたら、もしかしたら、彼女は彼の本当の娘ではないのかもしれない。そっと眉根を顰めて彼女を見た。

呪われているのだ。私達は、呪われて、いるのだ。愛しい誰かの最期を見とることなく死んでゆくのだ、私達は。自嘲した。

そして私一人が愛しい人の最期を見届けられただけでも倖いなのだと言い聞かせた。

裕子ちゃんは私の問いに答えず包帯に巻かれた左手を取る。

「……平気だよ。それに、別にこんな怪我したからって傷付く奴なんか何処にも……」

どこかニヒルになっているのを感じながら自嘲気味に話していた。何だか左手が温かい。それは裕子ちゃんの体温の為だけではなさそうだ。何事かと左手を見ると小さな水で点々と濡れていた。それが涙の為であることに数秒して気づく。

「痛いですよね。――痛いです」

裕子ちゃんは顔を上げた。予想通りに泣いていた。

「痛みは伝染するのですよ」

理沙は唖然とした。こんなことで泣く奴なんか、私は一人しか知らない。

「こんなに綺麗な手……。この手に掴むものが痛みなんて嫌です！　この手に掴むのは幸せであって欲しい」

私はその言葉に目を見開いた。誰かと被る、その言葉。温かい言葉。痛みが、この躰中の傷痕が癒えてくような、そんな温かい言葉。そんな言葉、そんな体温、もう二度とないと思っていた。

私は左手に視線を移す。そして手の平を返すと血が包帯に染みていた。

「た、大変です！　ち、血が……!!」

裕子ちゃんがパニックになって、扉まで様子を伺いに来ていた、かいらにそう告げる。

私はそれを聞きながら暫く自分の手の平を眺めた。

――そうか。そういうことか。

そしてグッと握る。

「だ、駄目です！　そんなことしたらまた血が……!!」

それに気づいて焦る裕子ちゃんを無視し、私はそのまま裕子ちゃんの傍を通ってかいらの部屋に入ろうとして——ポンッと怪我している手を裕子ちゃんの頭に置いた。

「サンキュ」

裕子ちゃんの耳元に、そう告げる。

癒えていく傷痕。癒えていく痛み。

ポッと紅くなる裕子ちゃん。そしてすごく、とても、綺麗に笑った。

「オラオラかいら、早くしろよ。医者好きになってやるから」

「それも困るな。これ以上、仕事はしたくない」

「お前は『呪われた一族』の主治医だろ。ケンジが病気担当なら、私は怪我担当だ」

私は机の上に置いた腕の上に顔を乗せてかいらを見上げる。

かいらの方へ差し出す左手の包帯が、かいらによって解かれていった。

「——これからは本当の怪我はなさそうだがな」

私はアッと思って、そしてとても自分では気づかなかったが、裕子ちゃんに言わせれば優しい眼で笑った。

3

目が覚めた。辺りを見渡して、其処が自分の部屋であることに気づく。

ああ、夢か。何であんな夢見たんだろ。昨日寝る前に『フルーツバスケット』読んだからかな。

どことなく覚えている感触。もうすでに途切れ途切れになっている映像。それが夢だとは到底思えないくらいリアルな夢だった――気がする。もうすでにあまり覚えていない。夢とは何とも浅はかで困る。何とか思い出そうとするが記憶は巧く働かなかった。

まっ、いっか。

私は起き上がり、赤い布団を押しやった。この時期に布団は暑いのだが、この赤が気に入ってたのでタオルケットにしようとは思わなかった。

ビデオデッキの時計を見た。この部屋には時計という時計がない。前はミッキーの掛け時計があったのだが、中三の時の防音工事で壁紙を張り替えて以来、掛けていなかった。その前は部屋中ジャニーズのポスターで一杯だった。主にV6だ。三宅健君が好きで、そのポスターを天井にまで貼っていたものだ。だが防音工事があって壁紙を変えるということでそれを全部撤去した後、もう一度貼ろうとは思わなかった。こんな綺麗な白を画鋲で汚すのが嫌だったのだ。だから机の前の壁に貼ってあるコルク版だって、引っ張れば取れるシールで貼ってあった。

そういえば夢の中に作詞が出てきたような……。

それは私の作った詞に間違いはないはずなのだが……。

私はミニコンポが置いてある台の上に敷かれている赤い布をめくった。その台は黒いカラーボックスを横にして置いたもので、だから中に収納できるようになっている。中は三つに仕切られていて、雑物とパソコンやミニコンポなどの説明書類、それと教科書が分けて入っていた。その教科書が入っているスペースが少し余ったので、作詞をしたルーズリーフが入っているピンクのファイルを入れてある。私はそれを取り出して中を見た。それは十枚のクリアファイルで分かれていて、パソコンで打ったものと手書きのものに分けて納めていた。その手書きの方の作詞を見ると、確かに夢の中でみた覚えがある作詞がある。昨日作ったばかりの詞だ。

だから出てきたのか。はぁ、びっくりした。

私はピンクのファイルをそうかそうかと納得してしまうと、机の前の壁に貼ってあるコルク版の中のカレンダーに眼を移した。パソコンにインストールしたソフトの「ジャストホーム」を使って製作したものだ。二ヶ月分のカレンダーに挿絵の写真があって、好きな写真を選べるようになっている。私は付属の写真を選んでいた。妙に夏らしい青空の写真だ。JulyとAugustの二月分がその下にある。過ぎていった日をインクペンでバツしてある。そうしないと、年中家にいる私は曜日の感覚がなくなってしまうのだ。これも夕飯を取った後の習慣になっていた。

今日は七月十五日か。

夏休みが始まって二日。未だ実感は湧いてこない。それは年中休みだらけだからだ。

唐突に私は浜崎あゆみさんの「July 1st」を聞きたくなった。去年発売になったアルバム「Rainbow」を聞くことにした。中古ＣＤ、本を扱う大手ショップで、中古のＣＤが逆輸入版で一二五〇円になっていたのだ。私はその隙を見て買うことにした。同じ時期、w-inds.のＣＤも発売になった。それは、ばあちゃんが四月に定価で買ってくれた。

　私はＣＤの置いてある棚に行き、ＣＤを手に取る。そしてミニコンポに挿入すると、早速聞き始めた。イントロが流れて独特の歌声が部屋中に響く。朝ということで、音はいつもより少し静かめにした。いい調子だ。思わず口ずさむ。私のずれたメロディーと浜崎さんの綺麗な歌声が妙に合っていて、私は気を良くした。

　私は歌が巧い方ではない。小学校の頃、皆の前で口ずさんでいて「音痴だね」と言われたのをきっかけに自覚するようになった。確かに音痴だ。浜崎さんが羨ましい。作詞も出来るし、容姿も綺麗だし、完璧な人だ。そうだ。私もそれを目指しているのだ。まだ限界じゃない。

　そう自分を励ましつつ音に聞き入った。曲は次の「Dolls」に移っていた。私は一旦止めて十五曲目の「independent」に合わせた。拍手の音が響く。歌詞がいい。実を言うと最初は浜崎さんが好きではなかった。だが音楽番組から流れる歌の歌詞を聞いて、その楽曲のクオリティーの高さに思わず聞き入っている自分がいた。自分もこんな歌詞が書きたい。そう思って今の自分がいる。

　頑張ろう。曲を止めてビデオデッキの時計を見る。朝の六時。また早起きをしてしまったのか。この時間じゃ家族中が寝静まっている。曲を止めて正解だった。壁が薄いので、響く可能盛大だ。

　特にパパは隣の部屋で眠っていた。私はすることもなく机にむかった。そして隣に置いてある収納ケースの二段目からルーズリーフを一枚取り出して、作詞をすることにした。どんな詞にしようか。明るい詞か。暗い詞か。恋の歌か。夏の歌か。晴れの歌か。雨の歌か。そして私は最近降っていない雨の歌を作ることにした。と言っても実力の足らなさで、それは多分一行目にしか出てこないだろうが。

強がり

雨が降るといつも君はビクッて肩を揺らす
「怖いか」とだけ尋ねると「ううん」と首を揺らす
どうして君はそうなんだ　いつでも強がりだけ
口に出して後は逃げる　それだけじゃ駄目なんだよ

●素直にモノを言ってごらんよ　有り触れた言葉でいいからさ
そしたらこんな世界だって虹色に変わるかもしれない
要はね　君の心次第なんだ

光射すと見えるものは君の綺麗な瞳
曇ることのないようにと僕が出来るのはただ
君の心が病まぬように僕が笑い飛ばすだけ

　あれやこれや考えても勘のいい君にはバレるから

●素直にモノを見つめてみてよ　君の眼なら見出せるはずさ
いつでも僕は此処にいるよ　それを忘れなければいつでも
こんな世界も晴れ渡っていくよ

　重い荷物持つ手も長い間歩く時も
　僕がいつも傍にいる　それを忘れなければさ

●素直にモノを言ってごらんよ　有り触れた言葉でいいからさ
そしたらこんな世界だって虹色に変わるかもしれない
要はね　君の心次第なんだ

出来た、と。

これをいつものファイルの『君』の欄に入れる。私は恋の歌と、そうではなく『君』や『貴方』が出てくる歌と、そのどちらにも属さない歌とで分けて収納していた。

これを越える歌が出来ない限り、一番前には持ってきたくない。私は調子が良いのでもう一曲、書くことにした。

ある晴れた日に

君が遠くにゆくと聞いたのはつい昨日のコトで
そしてホントに君が出てくのは多分明日のコトで
今日という日がとても長くて思わず涙溢れた

●出会ったのは晴れた日のコトで
別れたのは雨の降る夜で
季節というモノは限りなく僕を包んでゆく

だから僕等は最後に笑い合って昨日を過ごし
多分褪せない思い出に変わってゆく明日のコトは
今日という日をリアルに生きて得られる痛み引き連れ

●心からの言葉を伝えて
後悔などせずいられるように
今過ごす季節をいつの日も忘るコトないように

●出会ったのは晴れた日のコトで
別れたのは雨の降る夜で
季節というモノは限りなく僕を包んでゆく

私は「ぷっちょ」を食べた。グミが硬いが美味しい。また音楽を掛け始めた。先ほどよりも更に音を小さくする。今度は七曲目の「HANABI」にした。この切なさが、好きだった。歌詞を載せたいが、危ういので止めておこう。

私はベッドに突っ伏した。赤いベッドが少しだけ歪む。もう一度寝よう。そう思い立ったら吉日。私は布団の中に潜り込みまだ少し温もりを残していた黒い枕に小さいとは言えない頭を乗せた。

——次に起きたのは九時頃だった。

もうママは出て行ってるだろう。ここのところ、午後からの出勤の日もあったが、物音が一つもしない。

私は「MORN」と書かれたケースから薬を取り出して台所に向かった。自室のドアを開けると、すぐ近くにある電話の傍にパパが立っていた。どうやらお客さんの所に電話をしているらしい。物音一つしなかったのは、まだ相手が電話に出ていないからららしかった。私が通り過ぎるとパパは、「朝早く申し訳ありません」とお客との短い会話を始めた。私はそれを横耳に聞き遂げながら台所のシンクの上に掛かっているアルミのコップを取り、水を注いで四錠の薬をグイッと飲んだ。

そしてトイレへ行こうと、短い廊下から玄関に繋がるドアを開けると、ふいに電話が鳴った。パパの会話は終わっていたようだ。私は親機を見た。家の電話は電話番号が表示されるようになっている。非通知の場合は大概セールスなので出ないようにしていた。

「〇四五？　横浜だ」

私が言うとパパは、

「だったら出なくていいよ。工事センターからのＦＡＸだから」

と言った。

「うん」

そして私はトイレへ向かう。パパの仕事は、電化製品の取り付け取り外しを行っている自営業だ。

今は、工事センターからの依頼や、引越しの際のエアコンの取り付け取り外しが主に行われている。この時期はエアコンが特に多かった。

げっ。

トイレに入って私は目を疑って少し眉根を寄せる。

血だ。ということは生理だ。嫌だなぁ。でも今回は生理痛も酷くはなさそうだった。仕方ない。一ヶ月に一度のお目見えの日を快く歓迎してあげるに他はなかった。なるべくなら避けたいが。妊娠中は十ヶ月間生理がないという。いいなぁ、と私は思う。だが生理痛と子供を産むときの痛みとを比べたら、絶対生理痛を選ぶだろう。

とにもかくにも、なったものは仕方ないのだ。私はすばやく下着を履き自室へ行き、ミニコンポの置いてあるカラーボックスの中に置いてあるナプキンを付けた。

私は「はあ」と大袈裟に溜め息を吐き、この先を予言者にもなった気分で占った。出版社からの電話を待って、その返事次第では今年の夏は大変そうだ。窓際に置かれた、溜まったレポートもやらなくてはならない。美術というものがあって、美術は自分で買ったF6のスケッチブックに作品を描かなくてはならない。

それが四通もある。締め切りが五月のものまであった。溜めていてやっていないのだ。日本史も三通あった。数学は分からないので、夏休み前に写させてもらったからなんとか終わった。数えてみたら美術を含めて二十四通もあった。これを夏休み中に何とかしなくてはならない。そうしないと、九月のテスト月間にテストを受けられないのだ。いい加減にやったところで再提出になる。頑張らなくては。

私は私を励まして、でもレポートには手をつけないでボーッとテレビをつけた。丁度二十四時間テレビの宣伝をやっていた。今年はTOKIOがやるらしい。テーマは「貴方を一番愛する人……」。いないなぁ。家族は家族で愛してくれるが、そういうものではないだろう。好きな人もいない。今まで恋をしたことがなかった。ドラマや小説、漫画で恋とは痛いものなのだとどこかで認識しているに違いなかった。今年はそれが克服できるだろうか。あまり外に出る機会もないので、出会いは期待できそうにないが。その前に痩せなくてはならない。その人に見合う私にならなくては。それも夏休み中の課題だ。

私はまた大袈裟に「はぁ」と溜め息をついて、投げやりに眼鏡をかけた。溜め息を吐くと倖せが逃げることも忘れて。

Delusions Part 3

「寒い」

唐突に私は言った。

ガタガタと震える躰を抑えることが出来ない。こんなのは初めてだった。今まで風邪らしい風邪を引いたことがなかったからだ。

思い当たる節はある。ここ最近酷くなっていた歯痛の為に、半分優しさで出来ているという頭痛薬を大量投入していたのだ。歯痛は和らいだが、同時に躰から体温が奪われていった。

さて、これを言うかどうするか。

言ったら言ったで馬鹿にされそうだ。かといって一人で対処するのもどうかと思う。

隣をチラと見た。アシスタントのリエちゃんが一生懸命にトーンを貼っている。

この雰囲気を壊すのもなぁ。

折角私の為に頑張ってくれてるのに。かといってこれを蝶理等にこそっと言うと、後でバレたときに大騒ぎになる。

しょうがない。言うしかないか。

「ねぇ」

「はい？」

「寒い」

「はっ？」

「寒いんだってば」

「寒い……って今八月ですよ？」

「何かね、歯痛の為に頭痛薬大量投入してたら、躰から体温奪われちゃったみたい」

「………」

リエちゃんは返す言葉も見つからないようで、しばし其処で呆然としている。

やっぱ言わない方が良かったかなぁ。

まぁ、でも言った後にそんなこと考えてもしょうがないか。

「どうしたらいいかなぁ」

「……寝てください」

「はい？」

「寝てください！　もう子供じゃないんだから!!」

十六歳って子供じゃないんだ。改めて気づかされるが、久保田も十七歳だしな。

「そうだね。じゃあ、ここはお言葉に甘えて」

と言いながらリビングに置かれているソファに横になる。横で聞いていたのだろう、蝶理が自室から毛布を持ってきてくれた。この時期に毛布があるということは、わざわざクローゼットから引っ張り出してくれたらしい。これが治ったら夕飯でも作ってやるか。

ソファに横になりながら毛布を被っても、未だ寒気は収まらなかった。

リエちゃんが自分の部屋でなにやら一生懸命探している。その一生懸命さはトーンを貼るときのソレと寸分違いはなかった。

「あっ、あった。ありましたよ先生！」

「何が？」

「カイロですよ‼」

と言いながら二階から降りてきて、毛布の中にカイロを擦ったものを投入してくれる。有難い。

「だめだよアレ。半分優しさで出来てるって嘘」

一人愚痴りながらソファの上で点いていたテレビを見ると、それを耳聡く聞きつけたリエちゃんが言葉を返す。

「飲みすぎたんですよ」

そう言われてもねぇ。これでも頑張ってた方なんだけど。

「優しすぎてイカレちゃう」

優しさは適度でいいのだ。それを思い知らされた午後だった。

Delusions End

4

私はテレビも見飽きて、本日三作目の作詞をすることにした。一日七曲作ったこともある。好きなコトだから苦にならない。むしろ楽しくて仕方なかった。

だがそれでも言葉が浮かばないときもある。そういうときは慌てず騒がず、運に任せていた。そしたら、テレビから流れる台詞の一コマからとか小説の一説からだとか独特のメロディーからだとかで書きたい言葉が見つかっていく。彩りたい言葉が見つかっていく。言葉を繕う気はない。だが言葉で何かを伝えたい気持ちはあった。

私だけの言葉で私なりの文章で。伝えたいことが、あった。それを、詞に託す。

Friends

星も無い暗い空の下僕等は両手拡げて
泣きながらそれでも必死に生まれてきたんだって

誰かから聞いた話は巧く響いてこなくて
泣きながら同じ痛みを背負いながら生まれた僕等なのに
　傷付け哀しみあうからね

●どんなに大声で唄っても誰にも伝わらないかもしれない
どんなに泣きながら哀れんでも痛みは拭えないかもしれないけど
それでも遠い光を追って生きてく僕等はとても強いから

　雲も無い青い空の中一つの言葉描いた
いつの日か出逢う誰かに誇れる僕でいたいと
誰でもいいわけじゃなくて君ならきっと嬉しくて
泣きながら膝を抱えて背を向けたちっぽけな僕の全て
手を繋いで歩いてくれるから

●どんなにこの声を叫んでも誰にも僕は見えないかもしれない
どんなに紙切れに詞を綴っても傷痕は増えるだけかもしれないけど
それでも笑ってくれる君がいるならもう少し歩けるから

●どんなに大声で唄っても誰にも伝わらないかもしれない

どんなに泣きながら哀れんでも痛みは拭えないかもしれないけど
それでも遠い光を追って生きてく僕等はとても強いから

この詞を書いて、急に友達に会いたくなった。そういえばパパが二十六日、二十七日に阿波踊りがあると言っていたのを思い出す。年に一回、ばあちゃんが数年前に買ってくれた浴衣を着るチャンスだ。私は中学時代の友達に携帯でメールを送った。私の機種はボーダフォンだ。スカイメールで短い言葉を送る。

「土日にお祭りがあるから一緒に行こう」

大和では盛大なお祭りの一つだった。駅周辺に夜店が出るのだ。午後五時から八時半まで。すぐに一人から返事が返ってきた。

「いいよ。何時に何処で待ち合わせ?」

私は携帯のメール早打ちなら自信を持っていた。

「五時にユザワヤ方面の大和駅で待ち合わせ。他に葵と冴ちゃんと香ちゃん誘ったから」

返事はなっちゃんからだった。彼女とは毎日メールのやりとりをしている。それはダイエットでお互いの一日に食べたものを、メールで送りあっていたからだ。先に始めようと言い出したのは私だった。だがなっちゃんには効果があったが、私にはなかなか効果がない。どうしたものだろう。しかもなっちゃんは長身で一見スラリと見える。ダイエットの必要があるのかないのか。私にはその体型こそが羨ましい限りなのだが。と、もう一人から返事が返ってきた。香ちゃんからだった。

「いいよ！　行こ行こ」

私は先ほどのメールを送ると感慨深げにメールを見る。私は余程大切なものか嬉しいメール以外はすぐに削除してしまう方だ。前の携帯で需要量を越え、受信できなくなったことのある名残だった。

香ちゃんとは中学を卒業して以来、一度も会っていない。皆どんな風に変わっていくのだろう。私は何も変わらずにいるというのに。彼氏でもいたらどうしようか。悩む。悩む。悩む。

葵からのメールは「お金がないから」というものであった。それは仕方ない。だが私は意地でも誘おうとした。

「何か奢るよ。お祭り案内係りになって。お願い」

「分かった。皆、浴衣かな？」

「私となっちゃんは着てくよ」

そんな短い会話を経て葵も行くことになった。

早く来て欲しい。あと十二日だった。


それからすぐ携帯が鳴った。友達からだろうかと思ったが、番号からして違うようだった。同じボーダフォン同士、電話番号でメールを送りあえる。それから来たものらしかった。

誰だろう？　私は興味をそそられて早速メール本文を読んでみることにした。

「おはよう。今暇だったらメールしない？　そうじゃなかったら削除して」

という内容だった。ママから、こういうメールはすぐに削除しなさいと言われている。だが私は興味本位で送り返してみた。

「はい、暇です。メールしましょう」

するとすぐに返事が返ってきた。

「君、女の子？　何歳ぐらい？」

何歳に「ぐらい」はないだろうと思いながら返事を返す。

「十七歳です」

「十七かぁ。俺は二十一歳。会社員だよ。キャノックスって知ってる？　そこに勤めてるの」

男だったのか。まあいい。

「知らないです。ごめんなさい」

「いいよいいよ。ところで今度会わない？　俺の仕事、不規則で休みの日がまちまちなんだ」

会う!?　唐突にそれですか。

私は何だか冷めていく思いとは裏腹に、こんなメールを打ってくる奴の顔を見てみたくなった。

「いいですよ。いつ会いますか？」

「明日がいいなぁ」

明日かよ。まあいいや。どうせ暇なのだから。

「いいですよ。じゃあ明日一時に横浜駅で」

「オッケー」

これがばれたらママに叱られる。そう思いながら、何故か久方ぶりに会う「人」に、形はどうであれ嬉しかった。これで外に出られる。さて、明日は何を着ていこうか。黒い七分袖のシャツにスカートでいいか。太い足が見られるけども。

「これが俺の写真」

そう言って写メールが送られてきた。眉根に皺を寄せて映っている。どうやら人に撮ってもらったものらしかった。私も自分の写メールを送る。これで幻滅されたらどうしよう。だが返って来た返事は意外なものだった。

「可愛いね！」

嘘だろ。

まあ確かにとっておきの一枚だったが、そう言われるとは思っていなかった。これで会った時に「本性を見せたな」とか言われたらどうしよう。まあでも誘ってきたのは向こうからだし。幻滅されても、それはそれで仕方ないだろう。私は明日何処へ行くか考えながら、友達にメールを打った。

「明日、人と会うことになったよ」

どうやって知り合ったかは説明済みだ。

「それはそれは。でも気をつけなよ。今危ないから」

「分かってるって。だからもし私が明日メール送ってこなくて行方不明になったら、このメールのこと警察に伝えてね」

「うん。分かった」

よし。これで準備万端だ。

私は明日が来ることを思いながら、今日という曖昧を生きることにした。

七月十七日。彼からメールが来て遊びに行った翌日である。

私はベッドの上でまどろみながらその回想をした。

——朝早く、メールが来た。着信履歴を見ると何度もコールがあったことに気づく。

「遅れそうだから、待ち合わせ時間一時半にして」

「分かりました」

私の家から大和駅までは十分ほど。それから横浜までは相鉄線の急行で二十分だ。各駅停車だと三十分かかる。

私は三十分を見積もって家を出ることにした。もう着替えは済んでいる。メイクはしたことがないのですっぴんだ。眉毛も整えたことがない。どう整えるか分からない。何度友人に聞いてもだ。

これでいいだろうか。でも誘ってきたのは向こうだし。

私は開き直って家を出ることにした。日差しが強い。でも心地よかった。

私は横浜に着き、二階の改札口で待つことにした。それから数分してメールが届く。何かあったときの為に携帯を手に持っていたから、こんな騒々しい中でもすぐに気がつくことが出来た。

「今、何処にいるの？」

「二階の改札口です」

「俺、交番の前にいるんだけど」

「あっ、じゃあ一階ですね。今から降りていきます」

その交番には覚えがあった。私は急いで階段を降りその交番を目指す。だが何せ平日だというのに夏休みのせいか、人が多いので辿り着くには数分を要した。

「今着きました。私はSTAYDとロゴの入った黒い上着を着ています」

「あっ分かった気がする。ちょっと待って」

そうして待っていると、後ろからトントンと肩を叩かれた。

彼か。

私が振り向こうとすると、彼はもう隣に来ていた。

「はじめまして」

彼からの第一声は、低い、そしてどこか心地よい声で幕を開けた。

「私こそはじめまして」

「何処行く？」

「タカシマヤにディズニーストアが入っているんです。そこに行こうかと……」

はっきり言って男性の行く場所ではない。だが一度行ってみたかったのだ。一人で行くにはこの広い駅の中、迷いそうで心細かった。

「いいよ。行こうか」

「はい」

それから何人かの人に道を聞き、やっとこさそこに辿り着く。どうやって辿り着いたかはもう覚えていない。まるで夢の中みたいだ。私はそう思う。何処かに境界線が引いてあって、そこを越えると現実に引き戻されるんだ――。だがベッドから見える折り畳み式の、壁にぴったりと寄せて置いてある長細いテーブルには、彼から買ってもらったプーさんのぬいぐるみキーホルダーが置いてある。

――現実か。

私は頬を緩ませながら、また境のない夢の世界へ入っていった。

ディズニーストアを抜けると、彼は名前を教えてくれた。信というそうだ。

そうも言ってくれた。私も自分の名前が理沙であるということを明かした。だがまだ敬語は取れそうになかった。

「呼び捨てでいい」

それから信は桜木町に行こうと言った。横浜で知っているところといえば、そこしかないそうだ。学校の遠足で来たことがあるらしい。私は一も二もなく「はい」と返事をした。桜木町は初めてだった。名前からして新宿二丁目辺りを想像していたのだが、横浜から一駅、そこは綺麗な遊歩道だった。予想に反していたので少し驚く。だがホッとした気持ちもあった。

信は、そこから少し歩いた所にあるコスモワールドに連れて行ってくれた。乗り物代もくたびれた黒い財布から全て出してくれる。二人して観覧車にも乗った。観覧車は、葵と今はなきドリームランドで二人して乗って以来だ。信は、メールの時とは打って違ってあまり喋ることのない青年だった。そこになぜか親近感が湧く。私も喋るのは苦手だった。初対面なら尚更。

私はだが不安で「門限は七時……いや五時です」と嘘をついた。

時計を見ると既に三時。他に行くところもないので二人でブラブラ歩きながら、信が他にも十人ぐらいにあのメールを送っていたこと、最初に返って来た返事はオジさんからだったこと、あういうメールで人と会うのは二回目だということ——因みに一回目は同い年の女性だったらしい。カラオケへ行ってその後居酒屋に行ったのだと口下手な唇から話してくれた。

取り留めのないことをつらつら話す二人に、周りは恋人同士とでも思っただろう。

嫌な気はしなかった。その後、地下鉄で帰る信を見送って私も家路に着いた。

家に着くとパパがいて、少し罪悪感が湧いた。

「出会い系サイトとかよくやるほう?」

「いえ、ないです」

「これも出会い系だよね」

「えっ……」

パパは「危ないからそういうサイトには手を出すな」と言っていた。私も出す気は毛頭なかった。だから信にそう言われた時、少しドキッとした。帰ってから部屋着に着替えて携帯を見るとメールが届いていた。信からだった。

「大事な話があるから、今夜電話をかけてもいいかな」という内容だった。

「はい」

私はたった一言、空の便にそう乗せると、疲れていたのかそのまま眠りについた。

気づいたのは六時半だった。ママが帰ってくる。私はいつものようにマイコップと「油どっかん」を持ってリビングに行った。案の定ママは帰ってきていて夕飯を作っていた。

もう少しで出来る。私はそう確信して「油どっかん」をコップに入れ水を注ぎ、飲んだ。

ママがトイレに向かった。私も行きたかったので廊下に行く前の扉の前で待つことにした。一分ほどで出てくる。私が入れ違いざまに入ると中はママの匂いがした。というかナプキンの匂いだ。それがいい香りなのだ。

ママも生理か。大変だなぁ。と自分を棚に上げ、人事のように思いつつトイレを後にする。

ママにも罪悪感が湧いた。信の話は大方予想がついた。だが信じられなかった。妄想と予想の中で揺れ動く。

夕ご飯を食べ終わってパソコンの電源を入れ、精神安定剤を飲みに行って戻ってくると、電話が鳴っていた。メールの時とは違う着信音。普段、滅多にかかってくることはない。間違い電話程度だ。私は意を決して出た。案の定、信からだった。

「ごめんね。急に」

「いえいえ」

「単刀直入に言うね。話っていうのは、俺、理沙のこと好きになっちゃったみたいなんだ。だから付き合って欲しい。決してやましいことがあるとか、軽い気持ちだとかで言ってるんじゃない。今日会って、話してみて、そして固まった思いなんだ。分かって欲しい」

「……少し考えさせてください」

「うん。いいよ。待ってる」

「おやすみなさい」

私は今夜はじっくり考えようと十一時ごろまで考えて、眠りについた。
よくこんな女を好きになったものだ。嬉しい反面、罪悪感もあった。パパやママに対して、だ。
は、まさにソレだった。告白されたのはこれが初めてだった。
いのり」の気持ちが分かった。見知らぬ男女が出会って思いを馳せていく。告白され思い悩む様
会話はその程度だったろうか。おそらく明日にでもメールが来るに違いない。私は初めて「あ
「おやすみ」

それが昨日の出来事である。私は手の中に収まっている携帯の画面を凝視していた。

「メールでもいいから、答えが知りたい」

そう書かれていた。

仕方ない。でも嫌な気は何故か起こらなかった。またこうやって暇なときに誰かにメールを出すかもしれない。相手は決まって女性だ。そんなことを繰り返していた信に同調することなど浮かばなかったが、何故か、嫌な気はしなかった。

そういえば夏休み初め、日記で「素敵な人を見つけたい」と書いた気がする。これこそ、その相手なのだろうか。外に出る機会が少ない私に与えられた出会いなのだろうか。最高の人なのだろうか。私は考えた。そしてメールを信ではなく友達に送った。

「告白されちゃったよ。どうしよ」

「いいんでない？　時間なんて関係ないよ。長さより濃さでしょ。理沙ちゃんがその相手をまだ好きにならなかったとしても、これからまた好きになるかもしれない。先のことは誰にも分から

ない。でも私の友達に、付き合い始めて四ヶ月目でやっと「好き」になれた子もいる。――そういうものだよ」

「そっか」

私はそれを踏まえて返事しようと決めた。まだ分からない将来の展開。その中に信が関わってくることがあるのだろうか。

「信へ。私はまだ『好き』にはなれません。でもお付き合いを前提に、友達から始めましょう」

私は信へそう送った。のちのちこれが自分を悩ます結果だとも知らずに。

――それが、生きていくということだ。

Delusions Part 4

朝、目覚めると隣にいるはずの海良がいないことに気がついた。蝶理は不思議に思ったが、まだ目覚めたてで動かない躰を動かす気にもなれず、そのまま横にごろんとなった。

「……おい」

すると蝶理の上方から声がする。

何事かと視線を巡らせれば、当の海良が、自分の上に両手をつんばって覆い被さっていた。

「海良。驚かさないでください」

やんわりな笑みでそれを制すと、海良は柄になく「はぁ」と溜め息をついた。何事かと本日二回目の視線を送る、と海良は「お前が痛がってると思ってだな……」と独りごちた。

ああ、そういえば。

昨日は確かに激しかった。ずっと理沙と共に寝ることが多かったので、久方ぶりのソレになったのだ。海良はそれを気にして、朝も早くから自分の上でつんばってたらしい。それを思うと海良には悪いと思ったが、笑いを抑えることは出来なかった。

気づけば窓から射す光はまだ薄い。午前五時頃といった具合か。こんな朝早くに海良が目覚めるなんて。よっぽど気に病んでたか、あるいは満腹な躰を持て余してたか。

「おい蝶理、飯、作れる？」

この家に来てから、蝶理の役割といえばもっぱら専業主婦と変わりなかった。それは海良の家にいた時から変わりはないのだが。

「はい。作れます。気にしないでください、海良」

少し柔らかい笑みに変えると海良はやっと安心したらしく、自分の横で大きな躰を転がした。

「あーあ、この俺様が野郎の具合なんか心配するなんてな」

ここまでくるとは、流石に海良も思っていなかったらしい。自分もやっと最近自覚が芽生えたというものだ。それまでは、理沙にからかわれるまで、海良と付き合っているだなんて考えも及びはしなかった。つまりは、自分はそれだけそれに値することをしているわけだ。

「僕も海良に腰の痛みを懸念されるなんて思ってもいませんでしたよ」

悪態をつけば海良が隣で小さく「チッ」と舌打ちをするのが分かる。だがそれが本心ではないことを蝶理は見抜いていた。

何か、心地よいなぁ。

蝶理はどこか心が安らぐのを感じながら午前五時からの睡眠を楽しんだ。

Delusions　End

5

朝の目覚めは最悪だった。嫌な夢は見るし——子供を産む夢で生まれた子供がイモリだった——痛いし痛いし、とにかく最悪だった。私は寝起きはいい方だが、これでは舌打ちの一つもしたくなるというものだ。それもこれも全部、信からの告白のせいだった。

「お付き合いを前提に」

その言葉を反芻する。自分の出した答えに迷いたくはないが、どうしても考えてしまう。

本当に良かったんだろうか。パパとママに罪悪感が湧く。

出会い系なんて。人殺しだし。私の中で出会い系サイトとはそういうものであった。

この目覚めの悪さは高校一年の時と寸分違わない。こんなことしていていいのだろうか。

学校がある日に無断で休む。他の子が授業を受けている間に、私は家で一人爆睡している。他の子が休み時間の間に、一人蹲ってこうなったのも全て社会のせいだと嘲笑する。

何もかもがまみれて、そんな自分が痛く、酷く、汚く思えて仕方なかった。死ぬことさえ出来ずに殺されることばかり望むちっぽけな弱い自分。いっそ死ぬたら、潔く散れたらどんなにいいだろうか。例えばそうあの花のように。そう思いながらまだ生きていくコトにしがみついて、自分から全てから逃げ出していく。痛いことを全て人のせいにして、それでも生きていくことに人の手を借りずにはいられない自分。

犬になりたかった。猫になりたかった。鳩になりたかった。いっそこんな哀れで醜い自分をリセット出来たら、例えばあのゲームのように。自分を棄てて歩むことが出来たら。それかいっそ、何もかもが失くなれば。私は支えを失って坂道を転がるように滑って巧く立てないだろう。そのまま巧くむざむざ死ねたら、どんなにいいだろうか。そう、それしか思えない、そう思いながら生きていく自分。そんな過去の自分とどこか被った。

私はそれを頭のどこかで否定して布団を被った。それは生きていくために脳が与えた指令かもしれない。痛いことから抜け出して希望ばかりを見つめる自分。過去が汚いなら先のコトを考えようとする脳みそ一つ。私は自分の躰でさえ巧く扱えない。信、ごめんね。こんな私でごめんね。せっかく好きだと言ってくれたのに。

私はこういう汚い女なんだよ。醜いんだ。何もかも。いっそ全て棄てられたらどんないいだろう。

「素敵な人を見つけたい」

自分が変わらなければ何にもならないというのに。

見つけたとしても失うだけ。足掻いても溺れるだけ。拙い生き方を繰り返すだけ。ただそれだけ。私は布団から顔を出した。眼鏡をかける。そしてビデオデッキの時計を見た。午前六時だった。

また早起きしたのか。そんな自分も嫌になって。ふと、パパの言葉を思い出す。

「手首を切るのはもうよせ。でも辛くなったらいつでも言いにおいで。守ってあげるから。学歴なんて関係ない。そんなちっちゃなことで人を判断する奴なんかほっとけばいい。相手なんていくらでもいるんだ。理沙は理沙らしく精一杯生きろ」

私は私らしく。私らしさとはどんなものだろう。私はまだそれさえ掴めていない。いや、自分では分らないコトなのかもしれない。他人がいて、初めて理解できるコトなのかもしれない。それが信だろうか。それとも――。

私は充電器の上に置いてある赤いランプが点滅している携帯を手にした。ピンクの折りたたみ式だ。本当はダークシルバーが欲しかったのだが生憎、品切れでなかった。その時は品切れになるほどの人気の商品を自分のセンスで選べたことに一種の感動すら覚えたものだ。私はそんなことを思いながらメールを綴った。

「私、やっぱり付き合えない」

友達にまずそう送った。四ヶ月経っても多分、この傷痕は信では癒せないだろう。それを頭の隅で思う私がいた。この距離は埋められない。

「信へ。やっぱりお付き合いを前提に、は取り消してください。自分勝手な言い訳でごめんなさい」

するとすぐに返事が返ってきた。信もうこの時間には起きていたのだ。

「いいよ。それよりそのこと言うために悩んだでしょ？　そんな姿、見たくないから元気出して」

私は涙が溢れてきた。なんて人だろう。私は断って正解だと思った。私には過ぎた人だ。この手では抱けない。信にはきっといい人が見つかる。そういえばこんな話をしたのも覚えている。

「強引な人ってどう思う？」

「ときには必要だと思います。生きてく上で、自分の意見を言うときが必ずありますから」

「そうだよね。俺ね、前の彼女に『貴方は強引さが足りない』って言われて別れたんだ。その時は意味が分からなかったけど」

「そうなんですか……。でも優しさの裏の強さを強引というなら、信さんは持っていると思いますよ？」

「——ありがとう」

とても綺麗な笑顔で、笑った。

「ありがとう」

私は画面のその先ずっと奥にいるだろう相手にそう告げた。

こんな自分を、好きになってくれて。

そして私は、ばあちゃん家にあるものとおそろいの、全身を映せる和風の鏡に向かうと思い切り笑ってみせた。少しずれた前歯がシャクだが、そのときはそれでも綺麗なんだと思い込むようにした。私は、笑える。

ありがとうね、信。

そしてメールにこう付け足す。

「自分勝手第二弾。生涯の友達でいてください」

「うん。いいよ」

その日、ママは午後出勤だった。だからママはここから徒歩一分程度のスーパーに行こうと言った。私は泣いてすっきりしたのかどんな痛みも引きずらず、「うん」とだけ答えて着替えた。部屋着のTシャツに下のズボンだけをジーパンに替えた姿。髪は中途半端な長さなのでポニーテールを横にずらした髪型を最近好んでしていた。結ぶのもずっと楽なのだ。五分ほどで身支度が終わるとリビングに行く。ママはもう支度し終えていた。

「じゃあ行こっか」

「うん」

エレベーターで一階まで降りると、つとつと隣を歩いて近くのスーパーまで行く。スーパーに入ると冷房の涼しさで思わず身を捩った。それはママも同じコトだった。

ママがカートを押して、私が上に積み上げられた内の一つのカゴを置く。今日は卵が安いらしい。だが一パック八八円であるこのスーパーの卵は小さく、普通の卵の一個がここのだと五個分に値するよとばあちゃんが言っていた。ママもそれは承知の上だが、何故かカートに「お一人様一パックまで」と書かれた卵を入れている。値段を見て私は「成る程」と思った。今日の卵は九八円で、いつものとは少し違う卵だった。大きさも申し分ない。

ママは最初、卵だけを入れてレジの列に並んだ。そして卵を買うと、カートの下にそれを入れて、また上のカゴに卵を二つ入れた。そして今度は店内をゆっくりと見て回る。家は卵の消費率が高いのだ。それは高也やパパがお弁当に卵焼きを毎日入れていくことにも関係している。

歩いていくと、まずは青果が並んでいる。この時期、桃や早くも梨が並んでいた。一つ二五〇円の桃から四つで四九九円の桃まで。梨も桃と梨のセットで五〇〇円というのもあった。ママはそこをざっと見ると、一〇〇円均一の食品が入っている小さな冷蔵庫を見た。ハムやソーセージ、ハッシュドポテトが並んでいる。私はハッシュドポテトが好きだから、ママはそれを承知でパックをカゴの中に入れてくれた。それに珍しく今日は五八円で杏仁豆腐が売っていた。甘いもの大好きな私は、思わずそれをカゴに入れる。するとママは「もっと買っていいよ」と類似品の豆腐プリンも入れた。だがそれは下にジャスミンソースなるものが敷かれていて、あまり私の好みではなさそうだった。そこを通り過ぎると魚のコーナーになる。この時間では半額の品も少ないのでママはざっと見るだけだ。そして続いては肉のコーナーになる。肉のコーナーでママは立ち止まり、人ごみを掻き分けて品定めをしにいった。私はカートを持って蚊帳の外にいる。

やがてママは戻ってきた。私がカートを渡すと、ママはカゴに合い挽き肉を入れる。そして加工食品が置いてある棚に行き一〇〇グラム五八円のハムを品定めして入れた。真っ直ぐに進むと――通路はそれしかないのだが――横には乳製品とお惣菜が置いてある。そこを抜けると、冷凍食品の入っている冷凍庫がある。今日は四四%オフだから、お弁当用にとママはたくさん買っていた。そこに行き着く際、低脂肪牛乳が一本九八円だったので五本買った。ママとパパはアイスコーヒーを飲むのに使うし、高也はそのまま飲んでいた。家では消費率が卵より高い。

そこを抜けてやっとレジに並んだ。今日はチラシが入っていたのか、レジは先ほどよりかなり列が出来ていた。その列の一番短そうなところを選び並ぶとしばし待つ。その間、両隣に置いてあるお菓子の中でママは好きな煎餅を入れていた。私は一〇〇円均一のお菓子でマーボーロを入れた。

「しまった。ここのレジ、一番遅い子がやってるんだ」

と唐突にママは言った。今、思い出したのだろう。だから皆はこの列には並ばなかったのだ。私は「仕方ないよ」とだけ言った。ママは今更しょうがないと思ったのか、並んだ列から外れようとはしない。

三十分ほど待って、ようやく順番が回ってきた。確かに遅かった。まだ新人らしい。

唐突に、私がバイトしていた時はどう見られていたのか考えた。自分の中では早い方だと思っていたが、果たして周りからはどう思われていたのか。考え出すときりがなく、そこには闇が見え、私は今朝を思い出しそこでやめた。しまっておかなくちゃ。痛い思いは。蓋を閉じるんだ。今はまだ、開ける時ではない。私はそう思うと前を見た。すでに清算は終わっており、ママはポケットから袋を取り出した。それを見てレジの子が、「袋はいいですか?」と聞いてくる。

ママは「はい」と言うと、カードを取り出した。このお店では袋を持参すると、おまけで二ポイントつけてくれる。五〇〇ポイント溜まると五〇〇円の商品券が。それをスタンプに変え、そのスタンプが五個溜まると三〇〇〇円分の商品券が貰える。ママはそれを二回経験していた。私は先に重くなったカゴをカートに乗せ直し、袋に詰める台に向かった。先に袋に詰め始める。はて、一枚だけで足りるだろうか。するとママはポケットからもう一枚、取り出した。流石、用意がいい。私はポリ袋に入れる商品を詰めて、それを袋の中に丁寧に積み重ねていく。やがてそれが終わると隣にママがいないことに気づいた。最初焦ったが多分、煙草の自販機だろう。ママもパパも喫煙者だった。だから私も将来は吸うようになるのだろうか。今は全く興味がないけれど。

躰が欲するようになるのだろうか。

まあ、それでもいいや。

私は思い直し自販機のある裏手へ行く。案の定ママは其処にいた。「ごめんね」と一言言うと片方の荷物を持ってくれる。私は軽い方を手渡した。ママは細い。だがテニスをしているだけあって、多分私より体力はある。手首を痛めているらしいが、それを差し引いても私より勝っているだろう。

決まった道順を歩き、五〇六号室の家に着いてドアを開けると、シルキーの匂いがした。シルキーとは家で飼っている犬のことだ。ミニチュアダックスフンドのレッドで名付け親はパパ。毛並みがシルクのようになるようにとそう名付けた。誰も反対するものはいなかったし、今もシルと呼んで可愛がっている。たまにバカキーなどと罵ったりもするが。

家に来た当初は、ブリーダーから直接買ったのだが右足が骨折していた。ブリーダーの家でそのブリーダーの甥が誤ってシルの足をドアに挟んだというらしい。だから底値の五万いくらで譲ってもらった。最初はギブスが取れてもびっこを引いていて、慌ててブリーダーに問い合わせ病院に連れて行ったこともあるが、今ではその後遺症もなく元気に飛び跳ねている。そんなことで、幼少の頃は散歩にも行けなかった為、育て方を誤り、今では家族以外には全く懐かない。散歩に連れて行っても足元でじゃれて歩こうとしない。だがおかしなことにある場所まで行くとおとなしく——観念したのかもしれないが——歩き出す。

ばあちゃんが家にたまに顔を見せに来ることもあるが、その時もキャンキャン吠えて威嚇するばかりだ。だが幸いなことに、噛もうとはしないから良かった。ただ怯えているのだ。怖がりなのである。そして高也を噛もうとする。何かちょっかいを出すと、ウーッと威嚇し歯を剥き出す。どうやら高也より地位が高いと思っているらしい。高也の友達がここ最近来るようになったが、前までは扉の前でずっと吠えていた。だから防音工事の時は酷かったのだ。だが最近ではそれもおとなしくなってきた方だと思う。パパが「ロボコンだよ」と言って鍵を投げると、おとなしく丸まって寝る。——不貞寝だろうか——そのロボコンが何を意味するかは私は知らない。

そんなシルも困った癖がある。おしっこだ。ダックスは胴が長いためなのか標準が定まらず失敗する。上半身だけトイレの中に入ってするのだ。だからトイレの周りはおしっこだらけ。いつもそれを拭くのが大変だ。ティッシュペーパーを一週間で十個使っているらしい。だからそこの床だけは変色している。ママはそのことに愚痴を零し、今度からはトイレットペーパーで拭くようにと私に命が課せられた。そのことにいつもママとパパは怒る。だが最後には可愛さにやられてしまう。

寝る時はパパと同じソファベッドで寝ている。寝る格好まで同じだ。過敏ですぐに反応して眼を覚ますから、日中暇な時はいつも寝ている。だが外で少しでも物音がすると、キャンキャン吠えまくる。それは私達が外出する時もそうだ。何とか行かせないように、ズボンの裾を噛んで抵抗する。キャンキャン吠えるので、外出する時はいつも窓を閉めていかなくてはならない。元々ペット許可のマンションではないのだ。だが皆、暗黙の了解で飼っている。

——そんなシルキーの匂いがした。ママは「臭い」と愚痴を零す。リビングに続くドアを開けると、シルキーは待ってましたとばかりに尻尾を振って、足元にじゃれ付き歓迎する。それが嬉しくもあり邪魔でもある。でも家族だけへのサービスだと思えば、嬉しさの方が増すかもしれない。
私はそんなシルキーを避けて部屋に戻った。そして下のズボンだけ着替えると「フゥ」とベッドに腰掛ける。まだ午前十時五十四分だった。今朝のことが午前六時だから、はや五時間は経っている。だがこの胸の、信に感じた痛みだけは忘れずにいたい。私は机に向かった。そして収納ケースの二段目を開け、ルーズリーフを一枚取り出すと、徐に作詞を始めた。

Find

目の前は真っ暗で絶望さえちらついて
生きていくコトにただしがみついてるだけ
いつかはね同じよな出来事に遭遇して
この立場　悲観して立ち尽くすの　きっと

●この躰に感じる痛みにさえも
僕は何も見出せないかもしれない
傷付いた何かを感じるほど
僕等は器用なんかじゃないから

たとえね本当の言葉を呟いたとして
それを聞いてくれる人はどれだけいるだろう
この存在さえ曖昧で見えにくいのに
君の価値なんて分かるはず無い　きっと

●いつかは消えてく僕等だからさ
たとえ痛くても何か感じていたい
だからお願いその何かを感じても
この躰を愛していて欲しい

何が起きても揺るがない強い心を
何かが起きて震えている弱い自分を
愛せたらいいのに　君のように

●この躰に感じる痛みにさえも
僕は何も見出せないかもしれない
けど君が教えてくれたモノは
大切にしていたいと思うよ

その詞を「君」の欄に入れる。忘れずにいたい。この痛みだけは。まだしまっておかなくちゃいけない痛みや絶望も、きっといつか救い出せる日が来る。それを聞き遂げてくれる人は果たしているだろうか。私は自問自答を止め、携帯を見た。何かが起こりそうな予感がした。

その予感は、当たった。ふいに携帯が鳴り出す。それはメールのときとは違う音。着信だった。信だろうか。

私は携帯を取って、

「はい、大岡です」

と出る。すると、

「愛羅ゆうやさんですか?」

という声が聞こえた。

愛羅ゆうや。それは私のペンネームだ。それを知っている人はごく限られている。もしかして。私は先ほどの痛みを何処かにしまい込んだ。そしてその声に耳を澄ませる。聞き覚えのない声だが、どこか愛着の湧く声だった。きっと仕事用だろうと私は予想する。電話の声は大概違うものだ。私は「はい」と答えるとその続きに聞き耳を立てた。

「私はマゼラン書房の大村というものです」

来た。やっと来た。その時が来たのだ。私は嬉しさでその場を飛び跳ねんばかりだった。

「今、大丈夫ですか?」

「はい。大丈夫です」

私は嬉しさを押し隠しながら、冷静を装って返事をした。

「絵本の原案読ませていただきました。実に良かったです。考えさせられました。女の子であのジャンルを書く子は滅多にいないですよ」

「そうなんですか?」

「ええ。やあ、濁った話はなしにして率直に申します。うちの会社は小さなものです。絵本を作るにもそれなりのお金がいる。売れる絵本でなくては駄目なんです。ゆうやさんの描いた世界は、大変素晴らしいものです。ですがちょっと独特すぎる。出版できるかとなると、ちょっと時間を要します。それでもいいですか?」

「はい」

「駄目な場合もあるということです」

私はその言葉を頭の中で反芻する。駄目なのか、結局。

それを思うと何とか引き止めたいという衝動に駆られた。私は急いで言葉を探す。

「あ、あの、絵本ではないんですけど、読んでいただきたいお話があるんです。添付ファイルで送ってもいいですか? 異恋愛をテーマに書いた五編の短編の小説なのですが……」

「それは是非読んでみたいです。でも、うちでは出版できませんよ」

「分かってます。でもとにかく人に読んでもらいたいんです」

「その気持ちは分かります。そして大切なことです。人の意見を聞けば自分の欠点も見えてくる。此処はこうしたらいい、あそこはどうしたらいい、という風にです。是非送ってください。待っています」

「はい。お願いします」

私はまた嬉しさで有頂天だった。

「ではこれで」

「はい。有難うございました」

電話が切れてもしばらくは呆然として動けなかった。だがそんな頭に反芻していた言葉が蘇る。出版は無理かもしれない。いや、無理なのだ。遠まわしの言い方だったが、多分そうだろう。大人の勝手な優しさだ。私はそれを少し引きずったが気を取り直し、また出版社を一から探そうと思い立った。そしてパソコンの前に座る。

電源を入れ、パソコンが立ち上がるまでの間、色々思い立った。今度は少し有名な出版社にしようか。今度は絵本の原案ではなく小説を送ってみようか。『今宵、月の下に』だ。私の書いている途中の作品だ。大正時代を舞台にした作品で、悦乃という男の子と志乃という女の子の恋愛話だ。ただの恋愛話ではない。前世や意外な力、父殺し、そして最後の痛い結末。誰もが受けいれられる話ではなかった。もうワープロで百ページを越えている。そろそろ中盤に差し掛かったところだった。暫くぶりにそれも書いてみよう。

中学生の頃から作品のテーマは頭の中にあった。だが受験やら何やらで結局書けなく、一度は挫折した。だがパソコンを買って貰い、気分も新たに書き起こしていたものだった。私はメールで大村さんに五編の作品を送ると、早速『今宵、月の下に』を書き始めた。すると時間は限りなく思え、いつしかママが出かけたことも気づかずにただ執筆に専念していた。

大岡さん家のミニ話

「私」も小説を執筆していることだし、ここで私の生態を明らかにしよう。あまり特筆することもないのだが、十七年間生きてきて数々の経験をした。そのことを此処に留めておきたいと思う。

私は電車が苦手だ。それは人込みが苦手なのと似ているかもしれない。分かりやすく言えば、電車自体が苦手なのではない。電車に乗る人々が、人込みを歩く人々が、苦手なのだ。

あの空間。密閉されている事実。少しの人の気配でも敏感に察知してしまう。それはそう、家で飼っているシルキーのように。私は犬と同レベルなのかもしれない。それでもいい。とにかく、苦手なのだ。咳をする人。洟《はな》を啜る人。荷物を持つ手。座っている人。吊革に掴まっている人。私が誰かに見張られているんじゃないだろうか。そんな感覚が私を取り巻く。やがて嫌悪感が渦巻くと私は具合が悪くなる。それは躰じゃなくて精神だ。心が、もたなくなるのである。音が変になる。エコーして聞こえる人々のソレ。怖がっているただのガキの私。ただ一人の存在。その一つ一つが私を取り巻く。その事実が、怖い。心に入り込んでくる声。

「助けて」

「誰か」

それは誰だろうか。この場合、他人の全てが、誰だって怖いはずなのに、私は知らず知らずのうちに「誰か」というものに救いを求める。自分自身を救えるのは自分だけだ。この場合。この心を誰かと共有することは出来ないのだから。私が強くならなければならない。だけど、その強さの術を私はまだ知らない。どうにか足掻いて踠いて溺れてそんな拙い生き方をして私たちは成長していくのだろう。この躰が大きくなっていったように、この心もやがて成長するだろうか。この恐れを越えていけるだろうか。

――電車に乗っていると、私という在り方をまざまざと思い知らされる。誰かが咳をすれば私のせいではないかと疑い、洟を啜れば私が臭いのかと思い込み、荷物が揺れれば私が持たないせいかと思う。座っている人の少しの仕種も、電車が揺れたその瞬間の髪の動きも、寝ている人の頭の動きも、私に近づくなといっているようで、電車が発車した時の吊革に掴まっている人の少しの傾きも停車した時のショックも、私に当たった肩でさえこのこめかみに銃を当てられているのと同じ感覚がする。

それが「統合失調症」の症状なのかは分からないが、一つ確かなのは私はとてもちっぽけで弱いということだ。それらに対抗する術を、私は何一つとして持ち合わせていない。持とうともしていないのかもしれない。怖いのに、どうにかしたいのに、その術をどこか放棄しているように思える。それは、どこか誰かに頼っているからだろうか。赤の他人に「誰か」という淡い期待を重ねて私はどんな夢でも見てしまう。それが弱いのだろうか。私はどうやって強くなっていけばいいのか。武道を始めるのもその一つの手なのか。そもそも強さとは何か。この心を脆くするものは何か。踠いて踠いて、やっと手に入るものなのだろうか。だとしたら私はそれを、強さを手に入れている最中なのだろうか。

——その答えが、未だ見つからない。

6

気づくと六時半になっていた。ママが帰ってくる。私は「上書き保存」をするとワープロを閉じ、パソコンの電源を落とす。そしてマイコップと「油どっかん」を取ってリビングに向かう。残念ながら、ママはまだ帰っていなかった。午後出勤だったから今日は少し遅くなるのかもしれない。私は折角来たのだからと自分の指定の椅子に座った。そしてパパが何気なく点けているテレビを見た。

丁度ニュースの中で何かの特集をしているところだった。何気なく見ると、それは「万引きGメン」だった。万引きをする人をGメンと呼ばれる人が、見張り、捕まえる仕事を追った人気のシリーズだった。

そういえば、私も万引きをしたことがある。小学校何年生の頃だろう、忘れてしまったが友達と一緒に万引きをしてしまった。その子の名前は今でも覚えている。可奈ちゃんだ。可愛い名前とは裏腹に勝気な子で、その性格ゆえイジメにあっていた。私は可奈ちゃんと確か友達の誕生日プレゼントを買いに行ったのだ。可奈ちゃんのお母さんがくれた千円を握り締めて。可奈ちゃんは私に「先に選んでもいい権利」をくれた。私は遠慮なくそれを受け取ると、友達の好みそうなプレゼントを選んでいく。そして選び終わりレジで計算すると、丁度、千円ピッタリだった。私が可奈ちゃんにそれを言うと、可奈ちゃんは何も物怖じせずこう言った。

「じゃあ万引きしちゃおうよ」

当時の私は万引きという言葉さえ知らなかった。だから軽く答えたのだ。

「うん、そうだね」

そして可奈ちゃんは友達のプレゼントとお菓子を盗むと、人知れずその店を後にした。帰り際、可奈ちゃんは私に盗んだキャンディーをくれた。私は嬉しそうにそれを受け取る。やがてそれが双方の両親にバレて、私は酷く怒られた。そしてもう二度と万引きはしないと心に誓った。それから何年も経つが、万引きは一度もしていない。その時、小さいながらもずるいコトは決してしないと誓った覚えがある。

私はそれを思い出して、ちょっとそのテレビを見ていられなくなった。パパはそのコトを覚えているだろうか。このテレビを私の前で何の悪気もなく点けているのだから、もう忘れたのかもしれない。私も忘れたかったが、一度思い出すと記憶には拍車がかかる。私はまた一つ傷が増えたことを自認すると、ガチャッという音がして、シルキーがそれに飛びついていく。そしてリビングに続くドアを開けてママが帰ってきた。

私の椅子の後ろ手にある和室へ続く襖を開けるママ。そのママに今夜の晩御飯を尋ねた。

「今日のご飯、何？」

「今日はハンバーグだよ。もう種は作ってあるから後は焼くだけ。もう少しで出来るから待っててね」

「うん」

私はそれを聞いて台所の前に立つ。ママが荷物を置いて台所に入るのを見ながら、今日の夕ご飯の作業を数えた。焼くだけだからそんなに時間はかからない。私はお腹が空いたのを確認して出来上がりを楽しみに待った。

Delusions Part 5

「あーあ、弱いなぁこの相手」

「何やってんですか、先生……」

　リエちゃんは相変わらず呆れた顔で私に問うた。私はというと、パソコンで麻雀のオンラインゲームをやっていた。

「結構楽しいはずなんだけどねぇ。やっぱり本物じゃないと駄目か。でも雀荘行く気しないし。打ち台は何処で売ってるか分からないし。ネットで売ってるかなぁ、リエちゃん」

「売ってないんじゃないんですか……？」

「そっかあ」

　仕方ないか、と多分パソコンに向かって舌打ちでもしてるだろう、顔も知れない相手を眺めた。三十代半ばか。それとももっと上か。どうでもいいが、このくだらないゲームだけは終わりにしたかった。

「あれ？　いいんですか、電源切っちゃって」

「うん。勝つと分かってるゲームなんてつまらないでしょ。負けると分かってるゲームもつまらないけどね。でも、まだ勝てるかもって思えるだけマシかもね」

「そうですか」

「うん。ところでリエちゃん。私ネーム切ったたっけ？」

「知りませんよ！　先生自分のことくらいちゃんと管理してください‼」

「ごめんごめん。つい自分には無関心になっちゃうんだよね。ほら、だって死なないと分かってる人間なんてつまらないでショ？」

「先生、死なないんですか？」

「今のところはね。死ぬつもりはないよ。でも死なない人生なんてつまらないよね。愛しい人の最期を看取るだけの人生なんてつまらないでしょ？」

と私は小首を傾げて言ったが、リエちゃんにはなかなか理解してもらえそうになかった。

「どうでもいいですけど……」

「死ぬと分かってる人なら、死ぬまでの間に悪足掻き出来るけどね」

「……生きてる人でも出来るじゃないですか」

「生き様が違うんだよ」

「……そうですか」

リエちゃんは、何だか分かったような分からないような顔をしていたが、まっいいかと次の話題を私に吹きかけてきた。その話題の相手をしながら、私はふと考える。今までの私は生きながら死んでいるようなものだった。内臓の腐った臭いを撒き散らしながら、それでも何とかとぼとぼと歩いていた。それを救ったのが、かの四人。彼らは「自分の為に生きて自分の為だけに死ぬ」

と言う。私はふいに笑いが零れてきた。そうか。そういうことか、と。

「生き様、か」

「えっ？」

「いや、自分の言葉に酔ってただけ」

「そうですか。それでですね……」

私は天井を見上げた。いつか死ぬ日が来る。それまでの間、私は何が出来るだろうか。

この空に召される日がいつか必ず来るのだ。斜め横にあぐらをかいて座っている祐樹だって。

私はふとあの頃の自分を思い出す。よく、生きてこれたものだ。そして同時に拍手をしてやりたいと思う。ここまで、生き長らえてきて良かったな、と。つらつらと過ぎていく時間に薄っぺらな私が関わっている。それだけが私の全て。生きている証。それはそう、この傷痕のように。

「祐樹」

私はリエちゃんの話を横耳に携えながら斜め横に視線をずらした。

「何だ」

少々不機嫌に返事を返してくるように、ふいに笑いが零れ出す。

「なんでもない」

生きてる。この瞬間に。

祐樹はチッと舌打ちをして新聞に視線を戻した。その横顔が何でもない、普通の人の有り様だったことに、私は胸に安堵を覚える。

生きている。そして生きていく。さっきのゲームの相手を思い出した。体温も感じないそのブラウン管の中で確かに生きている。私はリエちゃんの話もそこそこに、パソコンの電源をオンにした。

「あれっ？　またやるんですか？」

「うん。ちょっと楽しみ方覚えたから」

「そうですか」

三十代半ばか。それより上か。私はさっきの相手が出てくるコトを祈り麻雀を打ち始めた。

Delusions End

7

部屋に戻ってパソコンの電源を入れて、その間に薬のケースから四錠の薬を手に台所へ行ってそれを飲んで戻ってきて、パソコンの前に座りメールをチェックする。そしてカレンダーの十七日をバツ印し、ネットで出版社を探す。そして適当なところに何通かメールを送ってみた。

返事がくればいいが。まずはそれが問題なのである。そして私はパソコンの電源を落とし、テレビを点けた。七時には「ミリオネア」がある。それを見てシャワーを浴びよう。そういえば、同じマンションに住む一つ年上の幼馴染みの千佳ちゃんのおばさんとママは仲がいいのだが、そのおばさんは「ミリオネア」に出たくてしょうがないらしい。毎回電話をかけていると言っていた。

だがいつも繋がらず、未遂に終わるのだということもママから聞いていた。

そんなことを思いながら、始まった「ミリオネア」を見る。いつも思うことだが、みのさんは迫力がある。「学校へ行こう！」も好きで見ているが、その時とは違う表情を見せている。番組によって心の引き締め方が違うのだろうか。

私も、会う人によって態度が違うと思う。両親に対してはあまり喋らないけれど、中学時代の友達はそんな私を知らないから、私は空回りなんじゃないかってほど、明るく振る舞う。そして思う。どっちが本当の私だろうか、と。いつも一緒にいる両親との私か、友達といる空回りじゃないかってほど明るい私か。それとも、どちらにも属さない「私」がまだいるのだろうか。

ふいに多重人格者にでもなった気がして、少し自嘲した。信に見せていた敬語を使う私はどうだろう、バイト先で大声を張り上げて「はい！」と言っていた私はどうだろう。私は私。それは変わりないが、じゃあどれが「私」なのか。そう問われると答えに詰まる気がした。

——私でさえ私が分からないのに、どうやって他人は私を知ることが出来るというのだろう。私を受け入れてくれる人。それを私は探している。もうずっと。多分、生まれてきてからずっと。そして見つけられずにもがいている。もしかしたら見つけて失ったのかもしれない。そしたらもう二度と、其処に戻ることは出来ないのだろうか。果たして私を愛してくれる人は現れるのだろうか。こんな、こんな私を。心療内科に通っていて、薬なしじゃ生きていけない、そんな拙い私を、愛してくれる人など、いるのだろうか。そして私も、それほどまでに誰かを愛せるのだろうか。他人を、赤の他人を心の底から愛しいと思えるのだろうか。この世界で、その人は待っているのだろうか。ただ、私を。愛は幻じゃないのか。幻が愛なのか。だとしたら掴むものは全て幻想なのか。私は私。そして他人は他人。それを、愛することなど、本当に出来るのだろうか。愛されることを望んでもいいのだろうか。愛しいなどと出しゃばった答えを、見出してもいいのだろうか。

——答えは見つからない。

これもきっと、一人じゃ抱えきれない痛みなのだろう。だから、痛み故、こうやって涙を流すのだろう。私は手の平に落ちたそれをグッと握った。生温かいソレは、深く私を包む。

いつか。

いつか、でいい。そんな人が現れたら。

愛し、愛される、そんな人が現れたら。どんなにいいだろう。どんなに救われるだろう。

このちっぽけな痛みも、どんなにか癒えていくことだろう。

私はシャワーを浴びることにした。この涙を他愛ない水で押し流してこよう。

そして見つかる何かがあるのだと、そう信じて。


七月二十七日。

今日は五時からお祭りがある。四時半には浴衣を着て四時五十分には家を出る。そう計画を立てて私はベッドの中で密かに笑った。決して誰も見てはいないのだが。

今日もまた起きたのは午前五時半だった。もう習慣づいてるから何も言わない。ただ家族より早く起きると、音が響くのを恐れて何も出来ないからそれが悔しい。私はパソコンに向かって『今宵、月の下に』を書くことにした。なかなか、どうにか進んでいる。私は書きたくてうずうずしていた、そんな場面を書ける喜び。

私は密かに興奮し——誰も見ていないのだが——乱文ながら丁寧に綴っていった。この小説の中で伝えたいこと。言わせたい台詞。感じて欲しい痛み。届けたい思い。それらを全て、詰め込んだ。

ふいに携帯が鳴り出した。メールだ。着信音がリビングに響くのを恐れて急いで取りに行くと、相手は久方ぶりの信だった。あれからもちょくちょくメール交換をしていた。

他愛ない話。それが楽しかった。

「理沙、起きてる？　早起きしちゃってすることなくてさ」

「起きてるよ。私もすることなくて」

「じゃあメールしようよ」

「うん。そういえば今日お祭りがあってね」

「へぇ。楽しそうだね」

「うん。楽しみ。一年ぶりに浴衣が着られるし」

「へぇ。俺も理沙の浴衣姿見てみたいよ」

「そんなこと言って彼女に叱られても知らないよ」

「いないよ、そんな人。言っとくけど俺、まだ引きずってるんだからな」

「それはありがと。そんないい女じゃないのにね」

「そういう問題じゃない。要は心から、心底、欲してるかどうか」

「心底、ね。私もそういう人見つけるよ」

「そしたら応援する。理沙には幸せになって欲しいし」

「うん。ありがと」

気づいたら七時になっていた。そろそろママが起き出す時刻だ。

「じゃあね」

「うん。俺も仕事あるし」

「日曜なのに大変だね」

「これが性分なんだよ」

「嫌な性分だね」

「楽しくはないね、確かに」

「じゃあまた連絡する」

「待ってる。じゃあ」

私が部屋から出ると、既に台所にママがいる気配がする。

私が行くと、「おはよう。早いね」と声をかけてくれた。「うん」と短く言葉を返す。実は五時半に起きていたことは、まあ言わなくてもいいだろう。多分薄々感づいているだろうし。

「今日はお祭りだね」

「うん」

「ばあちゃんの会社に迎えに行くけど一緒に行く?」

「うん。行く」

ばあちゃんは西山商事という会社でパートとして働いている。そこは流通センターで、色々な会社から集まった商品をトラックに詰め込む作業をしていた。ばあちゃんはそこでレールに流れる商品の仕分けをしているらしい。これがかなりの重労働で、男子高校生も音を上げて一週間で辞めていくらしい。そこに、ばあちゃんはもう何年も通っている。そしてたまに会社で欠陥商品を売り出すコトがあるらしく、それを安値で買っては、ママが迎えに行きその荷物を家に運んでいるのだった。お陰でシルキーの餌も買ってきてくれて、――ペディグリーチャムが一缶二〇円だそうだ――助かっている。だからママも迎えに行く義理はある。日曜日、休みのときにこうして迎えに行くのだった。

「十一時に仕事終わるみたいだから、十時三十分に家を出よう」

「うん」

私はマイコップにお茶を入れて部屋に戻る。

十一時かぁ。まだまだだ。長いなぁ。

私はひとまず寝ることにした。


「ばあちゃんいないね」

「まだ終わってないのかな」

「あっいたいた。あそこ」

「あっ、手ぇ振ってるね」

ばあちゃんは少し息を切らして走ってきた。トラックが沢山停まっている中、どうにか軽自動車を敷地内に止めた。私は助手席に座っていたがばあちゃんが来たので譲ることにした。

「ありがと」

そう言うとばあちゃんは荷物を車に運び、ゴーサインを出す。それを見てママが車を出した。

「そういえば今日はお祭りだね。理沙ちゃん、行くの？」

「うん、行くよ。友達と」

「そう。良かったね。じゃあ、おこづかいあげないとね」

そう言いながらばあちゃんは持っていた鞄を広げて目当ての財布を取ると、私に千円札をくれた。

「いいの？　ありがとう」

「いつもおこづかいも貰わずにいるからね、理沙ちゃんは」

「ありがとう。お母さん」

「いいのよ。あんたからもあげなよ。おこづかい」

「うん。分かってる」

ママからも貰えるのか。何だか恐縮だなぁ。

私はそう思いながら、家へと進んでいる車の中でお祭りのことを考えた。

確か去年の七月はまだバイトをしていた頃だ。バイト先のお客さんの一人である東南アジア系の外国人が、どういうわけか私を気に入ったらしく、私を追いまわしていた。帰りに通る遊歩道で私を待ち伏せしていたりしていた。その為、パパはそれを警戒して、いつもバイトの終わりは車で迎えに来てくれていた。

去年のお祭りが終わった後、友達と別れて一人で遊歩道を歩いていた時、突然後ろから抱きつかれた。何事かと思えばその外国人で馴れ馴れしげに声をかけてきた。私は「嫌だ」という一言も言えず、ずるずるその外国人のペースに巻き込まれて挙句、三十分も暑い中で話し込むことになってしまった。今年はバイトも辞めたしそんなことはないだろう。今思えばそれも思い出の一つである。

「ばあちゃん、ありがと」

思い出したことの気恥ずかしさに、もう一度お礼を言う。ばあちゃんはそれを笑って――後ろにいた私には見えなかったが――「いいんだよ」と繰り返した。

四時半になり、ママが浴衣を持って私の部屋に来た。そして器用に着せてくれる。それをなんだか他人事のように見ながら、私は久しぶりに会える友達のことを思った。

――楽しみだ。

久しぶりに騒いでこよう。私が何者でも構わない。その友達と一緒にいると楽しいということに、変わりはないのだから。思いっきりはしゃいで「成長しないねぇ」と言わせてみよう。変わらなくてもいい。変われなくてもいい。それでも変わらずに続いていくものは、確かに在るはずだから。私は出来上がった浴衣姿を鏡に映して思わずはにかんだ。

――可愛いよ。

鏡の中の私に呟いてみる。すると鏡の中の私は少し笑って「ありがとう」と呟いた。

予定時間を少し過ぎて、私は待ち合わせ場所に辿り着いた。思ったより草履が歩きづらく、もうすでに靴擦れのようなものができていた。でもまあ今日は楽しいことが待っているのだから、と自分を励ます。周りを見渡せば、もうすでに何人か仲間が集まっていた。すごい人込みの中でも何故かそれだけは映えて見えた。

「おーい!!」

私が声を荒げる。実にどれくらいぶりだろう。こんなに大声を出したのは。

それに気づいて、仲間達が私を恥ずかしそうに見る。仲間達の元へ着くと一斉に、

「変わってないねぇ」

と言われた。あれから少しずつ私も変わっていっているが、敢えて何も言わなかった。

それが、心地よかった。

「理沙、背伸びないね」

「一五四センチで止まっちゃったよ。なっちゃん、また伸びたんじゃない？」

「そ、そんなことないよっ。そういえば葵ちゃんはまだ？」

「来てないねぇ」

「おまたせっ」

するすると、前から浴衣姿の少々体格のいい少女が見えた。

「葵、遅刻だよ。ペナルティーだよ」

「何のだよ」

「何か奢らせよっか」

「げっ。私、お金持ってないんだよね」

「まっ、今日は無礼講ということで」

「皆も集まったし、見て回るか」

「うん」

歩きながらつらつらと取り留めのないことを話す。

彼氏は出来たか。――残念ながら誰一人出来ていないらしい。

学校はどうだ。――楽しくもあり、大変でもあるようだ。来年受験だしね。

イジメにはあっていないか。――喜ばしいことに、誰一人あっていないそうだ。

少しは変わったか。――嬉しいのか悔やむべきなのか変わっていないというのが現状だった。

私が信のことを皆に話すと、皆は「よく会ったね」と言った。確かに私も、よくよく考えればよく会おうと思ったものだ。告白されたことを話すと、この中で告白されたことがあるのは私だけらしい。喜ぶべきことか。

香ちゃんに「彼氏出来た?」と聞けば「……聞かないで……」という返事が返ってきた。香ちゃんとは本当に中学卒業して以来になる。懐かしいその面影は十分に残っていた。この中の一番の美人さんだ。そして一番背が小さい。それをあの頃はコンプレックスに思っていたが、今はどうなのかと尋ねると今も少しコンプレックスはあるらしい。でも私を見て安心したそうだ。こんなに変わらないのも珍しいと。皆、眉毛を綺麗に整えていた。高校三年生なら当然だろうか。私はまた一歩出遅れたらしい。そういえばいつだって、私は皆の背中を追っていた。走ってた。それは今も変わらないだろうか。まだあの頃の情熱は残っているだろうか。

変わらないね。

だが確かに私は色々なところが変わってきた。その度に自分を嘆いていた。

変わってはいけないところが変わってしまったから。大切な部分がどんどん削げ落ちてしまうから。私は私を振り返って必ず誰かと比較していた。私は私でしかないはずなのに。私は一人しかいないのに。他人と比較して、ああ、あの子より太ってるなぁ。可愛くないなぁとか――嘆いて、そして傷付いていた。傷痕ばかり作っていた。それは皆も同じだろうか。あの頃と変わらず笑う皆も、人に言えない傷痕を抱えているだろうか。

「受験だねぇ」

誰かがふいに呟いた。

「私はまだ二年生だけど」

私が言うと、皆一様に羨ましがっていた。


抱えきれない傷痕を、皆も抱いているだろうか。


レポートに追われるわ、友達は出来ないわ、周りを見渡せば年上ばかりだわ、一度出来た友達に裏切られたことがあったわ、日中暇だわ、やり切れないんだわ、知り合いは皆留年しちゃったわ、と言いたいことは沢山あったが、今はやめておいた。

これでいいのだ。

この傷痕は、皆が抱えるものじゃない。

「羨ましいでしょ」

「そういえば課題で自分の長所を書けっていうのがあるんだよね」

「長所を？　そういえば中学の時もあったね」

「私、見つからないよ。長所なんてどこにも」


抱えきれない傷痕を、皆も抱いているだろうか。

「あるじゃん、冴ちゃん。冴ちゃんはちょっと人付き合いが不器用だけど、その分、出来た友達は何より大切にする。香ちゃんは勉強が得意で、子供の頃からの夢である薬剤師を今でも追いかけていられる情熱がある。葵は人に言えない悩みとか抱えがちだけど、その分、人に優しく出来る。なっちゃんは少しおどおどしてるけど人に優しく勉強を教えるコツを知っている。ほら、皆あるじゃん」

じゃあ、私は？

「理沙はあれだよねぇ。中学の時からお人好しだったよね。給食の運搬とか代わりにやってあげたり。中学の時、私達が長所で迷ってる時、最初に長所を言い出してくれたのも理沙だったし。あと理沙はそう。馬鹿みたいに前向きすぎ。明るすぎ」


前向きだったのは、皆が私を見て少しでも笑っていてくれたらいいと思っていたから。

お人好しだったのは、何てことない、ただ誰にも嫌われたくなかっただけ。ただそれだけ。

嫌われる痛みを、知っていたから。

「そっか。ありがと。私も受験の際、参考にするよ」

私は笑いながら言った。少し崩れてきた髪型を気にしながら、何てことない風に。

——きっと。

皆、人には言えない傷痕を抱えて生きてる。そしてその傷痕を癒してくれる人を求め彷徨ってる。それは私も皆も同じこと。

私が言った長所を恥ずかしそうに聞く皆に、ちょっと聞いてみたくなった。

私らしさとはどんなものだろう、と。未だ探せないその答え。それを皆、知っているだろうか。

「さて。カキ氷でも食べるか」

「いいねぇ」

「私、お父さんにたこ焼き頼まれてるんだった」

私が言ったその一言は、この騒々しさにかき消されていく。

でも。

そしたらまた言えばいいのだ。

「私、お父さんにたこ焼き頼まれてるんだよね」

「あっ、そうなんだ。じゃあ後でたこ焼き屋さん探そうね」

こういう風に。また、言えばいいのだ。

きっと。

皆、人に言えない傷痕を抱えてる。

同じような出来事を繰り返して、悲観して、嘆いている。この立場を。

それでも。

生きていく。私は独りじゃない。

あの日、手首を切ったあの日。友達と別れてふいに独りになったのを自覚して寂しくて淋しくてたまらなくて、思わず浮かんだその答えをこの躰に戒めていた。

——あの日。

私は答えが分からなかった。ただ私は独りなんだと。ただ、自覚していた。成長したフリをして、誤魔化していた。自分自身を。まだ変わらないで、傍に在るその優しさに、気づかなかった。

「理沙、行こう！」

私は、独りじゃない。

「うん」

こうして、返す返事がある。返ってくる温もりがある。温かい痛みがある。そんな。ただそんな。ただそれだけのこと。そのことに、今まで気づかなかった。

「——ありがとね」

私は小さく呟いた。その一言は、風や、人々に紛れて何処かに消えていくだろう。それでも。

この胸に残る温もりは、決して決して、消えない。

——こうして、私の夏祭りは幕を閉じた。

大切な答えを、胸に。


帰る途中、ママにメールした。

「今から帰る。何も食べてない」

「ご飯用意してるからね」

暗い夜道、去年、名前も知らない外国人に絡まれた夜道。

あの日、独りで歩いて帰った夜道。

九時近かった。辺りは本当に真っ暗だ。

——あの日、寂しさを胸に抱えた夜道。

今は。

この温もりを、抱えている。

「ありがとう」

色褪せない人達。

いつか、この傷痕を癒してくれる人が現れる。それまでの間、この温もりを抱えていよう。

この痛みが、いつか優しさに変わる、その時まで。

「ありがとう」

そして私もいつか皆に、そう思われるように。


家に帰るとご飯が用意されていた。ハッシュドポテトと高菜炒飯だった。

私は浴衣を脱いで、洋服に着替えて、靴擦れにばんそうこうを貼って、それを食べた。

久しぶりに、心から美味しいと思った。

それは、心に余裕が出来たからだろうか。

そして唐突に。

小説を書きたくなった。この思い、痛み、優しさ、傷痕、その全てを小説に書き起こしたかった。そしてそれを皆に読んで欲しかった。

今なら書ける。『今宵、月の下に』も佳境に差し掛かってきた。

今なら書ける。そう思いながらご飯を食べ終え、いつものようにパソコンに電源を入れようと部屋へ入ると、電源が点いていた。多分、高也が使ったのだろう。だがそれは、「windows Meエラー画面」でフリーズしていた。私は仕方なく電源長押しで電源を落とすと再度電源を入れた。だがそこに映るのは真っ暗な画面だけ。そして其処にこう書かれていた。

「Microsoft start up menu」と。

ヤバい。

——壊れた。

そして頭に浮かぶ。このままじゃワープロの中身が全部吹っ飛んじゃう。そしたら今まで書いてきた『今宵、月の下に』もワープロに直に打ち込んだ作詞も全部消えてしまう。

ヤバい。

私はすぐにパパに伝えた。

パパは私の部屋に籠《こも》って何やらやっていた。でもパパもパソコンには何ら詳しくはないのだ。

私は咄嗟に高田さんの顔が浮かんだ。彼はパソコンを買った電器店の店員だ。パパは昔、自営業を始める前にその電器店に社員として勤めていたことがある。だから何かと贔屓にしていたのだ。その人なら何か分かるかもしれない。パパにそれを告げようと部屋に入ると、パパはパソコンの電源が入ったままの状態でコンセントを抜いているところだった。

「そんなことしたらデータ全部消えちゃう！」

「だって電源が消えなかったから……」

「パパ。パパの知り合いでパソコンに詳しい人いないの？」

「工事センターに聞いてみるか」

そう言ってパパは電話をしにリビングへ戻って行った。

消えてしまう。全部。それは私が生き様を書いた証。日記も、全部消えてしまう。

「理沙、いるらしいんだけどその人、社員じゃなくてパパみたいな業者さんなんだよ。携帯の電話番号聞いたけど、今日は忙しくて大変そうだったから、明日にしよう」

「……うん」

そしてその日は眠りについた。


次の日、起きたのは十時だった。こんな時に限ってよく眠れるのだ。私は自分の神経の太さを睨んだ。パソコンは以前動かないまんま。何度かその後試したが状況は一向に変わらなかった。

パパによれば、高也が何かをしたようだった。

『今宵、月の下に』も直に打ち込んだ作詞も今までを綴った日記もあの五編の小説も全部バックアップは取っていない。そしてインターネットでも「お気に入り」に登録したサイトも全部消えてしまう。二度と行けない巡り合わせのサイトだってあるのに。

私は祈った。普段信じていない神様とやらにも祈った。どうか、消えませんように。

「理沙、起きてる？」

リビングからの声はパパだった。

「今、電話かけてるから。アッと出た。すみません、大岡という者ですが……」

この人に賭けるしかない。どうか、お願いします。

「理沙、代わって」

私は部屋から出て電話を取った。部屋に戻ってパソコンの前に座る。独特の、男の人の声が響く。

「どういう状況になったの?」

「電源を点けるとスタートアップメニューが表示されて、三つの項目が英語で書かれているんですけど、それも三十秒足らずで時間切れで消えるんです。その後はただ真っ暗で」

「三十秒か。じゃあ全部は試せないな……」

「どうしてこうなっちゃったんですか?」

「君のお父さんにも話したんだけどソフトウェアに負担を強いるようなことをするとその圧力で壊れちゃうことがあるんだよ。……弟さんいくつ?」

「十五歳です」

「君は?」

「十七歳です」

「十五歳じゃそんなややこしいことしてないと思うんだけどなぁ。でもこれ、俺じゃ手に負えないからサービスセンターに電話をかけてみな。ちょっと繋がるまでに時間かかるし、相手もぶっきらぼうかもしれないけど……今ネットで電話番号探してるから。あっ、あった。いい? 〇一二〇の……」

「はい、はい、ありがとうございました」

私は電話を置きにリビングに行く。

「やっぱ、高也が何かやったんだな。あいつも好奇心があるのは分かるけど、パソコンは一台しかないんだから考えてやればいいのに。ったく」

私はパパのそれを聞きながら、早速サービスセンターに電話をかけた。機械なのか録音なのか分からない女性の声で案内があり、三番の「修理・故障」を選ぶと「担当の者にお繋ぎします」という言葉を最後に、その機械じみた声は消えた。そして五分ほど待つと、担当の人が出てきた。

「担当の白木と言います。症状はどうですか?」

私は粗方説明して、担当の人の指示に従った。

「あの、データ消えちゃうんでしょうか?」

「大丈夫ですよ。今から指示通りのことをやってください」

私を宥めるようにその人は言う。私はその声を聞いてホッとし、こんな職業もありかな、なんて場違いなコトを思ったりもした。

私は指示通りに画面にキーボードで打ち込んでいく。だが一瞬オペレーターさんに迷いがあった。どうしたものかと思うと、

「これは再セットアップをやっていただくしか方法がありません」

と告げられた。

「それは何ですか?」

「ハードウェアを初期化するんです」

それはつまり……。

「データ、全部消えちゃうんですか?」

「残念ながらそうなりますね」

ソンナ。そんな。

今まで書いてきたもの、全部消えてしまうなんて。

私は何とか方法がないかと聞いたが答えは同じだった。——変えられない。

——仕方がないのかもしれない。高也ばかりを責められない。

神から下った罰だ。普段の行いが悪いから。だからこんなことになったんだ。

私は指示通りにディスクを入れ、再セットアップを行った。一時間ちょっとかかるということで、電話はそこで途切れた。私は、ただ動かないパソコンの画面を見続けた。説明書片手に見入っていると、出るはずの指示が出てこないことに気がついた。おかしい。かれこれ二時間は経っている。とっくに終わっているはずだ。

私はもう一度サービスセンターに電話した。今度は繋がるのに二十分かかった。

「再セットアップしてるんですけど、二時間経っても終わらないんです」

先ほどとは違う人だった。

「本体の明かり、二個ともついてますか?」

「はい」

「そうなると、まだパソコンではディスクを読み込んでいる最中です。今ディスクを取り出すと故障する可能性があります」

「では、どうすればいいですか?」

オペレーターは少し慌てて——マニュアルにないことだったのだろう。

「三十分経っても動かなかったら、電源を切ってください」と告げられた。

電話が切れた。パパに故障する可能性があることを告げると、パパは苛立った。元々、短気が服を着て歩いているような人なのだ。

そして三十分経った。状況は一向に変わらなかった。

仕方なく電源を落とす。そして電源を入れると、

「スマート機能のエラー」と白い画面に書かれていた。

私はもう一度電話した。今度は繋がるのに三十分以上かかった。また、違う人だった。

「そうなるともう手はつけられません。修理に出すしかないですね」

オペレーターはそう告げた。データはもう諦めていたので投げやりだった。パパに電話を代わった。修理についてパパが詳しいことを聞く。少ししてパパが電話を置いた。

「八月一日に修理屋さんがパソコンの本体を取りに来るから、ディスクと共に用意してください、って」

パパはちょっと苛立たしげに言った。こうなると修理費用もかかりそうだ。チラッと聞こえたが、四万円ちょいらしい。私の元の一月分のバイト代だ。

「それまで我慢できるか？　修理して戻ってくるのは八月十二日だそうだ」

「……分かった」

諦めていたので仕方なかった。小説も書きたかったけど、今の気分では書けそうになかった。

パパは、私の部屋からパソコン本体だけをコードから抜いて持っていくと、リビングに置いた。机の上が何だかガランとしたようで淋しかった。——また一つ、傷痕が増えた。

仕方がない。そう言い聞かせた。

予定通り、八月一日に修理屋がパソコンを取りに来た。

十二日までの我慢、そんな感傷に浸っていた私にパパは言った。

「明日、コスモのお祭りがあるぞ。気晴らしに行ってくればいい」

「うん」

コスモのお祭りとは、三号棟の目の前にある七号公園で毎年開かれる小規模なお祭りのことだ。子供会が主催して行い、その資金は近くの病院や個人から集めているらしい。寄付をした人の名前が書かれた紙が板に貼られ、毎年、公園の前に置いてあった。

「高也にはよく言って聞かせるから。でも、高也も少し落ち込んでるみたいだから、理沙からは言うな」

「うん」

分かっている。言うつもりは、とうになかった。あの時間、もし私がインターネットをやっていたら、私が起こしていたことだったかもしれないのだ。

「でもデータが消えることは哀しいね」

「……うん」

哀しかった。

そのまま時が過ぎて二日になった。この日も私は五時半に起きた。

私はすることもなくただ作詞をしていた。

無題

急に壊れちゃったりなんかしてそんな痛いときに
君がいたらそれで良かった
あの頃への戻り方なんてもうとうに忘れてしまったよ

●いつか見た絵のように僕等は皆儚く
いつか散るさだめなの僕等は皆花のよに

きっと全て幻で終わりで現実なんて無く
いつかのその日さえ曖昧
死ぬさだめの僕達だからただ気づけたこともあったかな

●いつか見た絵のように僕等は皆儚く
いつか散るさだめなの僕等は皆花のよに

●きっといつかは花のように生きていくんだ

あの空を越えいつかのあの場所へと

携帯が鳴った。例に漏れず、慌てて取りに行く。メールだった。

――信か。

「おはよう。起きてる？」

「起きてるよ」

「何、落ち込んでる？」

何でメールで分かるんだろう。これも信の気持ちの大きさ故か。

「うん。ちょっとね。パソコン壊れちゃって」

「そっか。落ち込んでる理沙見たくないから元気出して」

「うん。でも無理かも」

つい、本音を言った。何で信にこんなこと言ってるのか分からなかった。

「そっか。そんな時は無理せず、慌てず落ち着いて。したいことすればいいよ」

「したいこと？」

「例えば躰を動かすとか。誰かと喋るとか。愚痴を言ってもいい。例えば俺にでもいいよ」

信なら言えるかもしれない。そう思った。

「弟がね、壊しちゃったんだ。大事なデータとか入ってたんだけど、全部消えちゃうって」

「そっか。それは辛いね。でも自分を振り返るいいチャンスなんじゃない？」

チャンス？　こんな痛いことがチャンスなのだろうか。

「チャンスなんて思えない」

「全部消えたことを嘆くより、またやってやる、一からやってやるって思えば？　それってチャンスじゃない？　神様がくれた、さ」

――神様。私は罰を与えられたのだと思ってた。そうか。私はチャンスを与えられたのか。

どこか、履き違えていた。痛いのは消えたからじゃない。これからまたやることを、何処かで拒否していたからかもしれない。チャンスなんだ。そういえば今日はお祭りだった。あの夏祭りで分かったことがあったように、今日だって、また分かることがあるはずだ。私には、まだ私が、ある。

独りじゃない。

「――ありがとう、信。やっぱ信は、私にはもったいないよ」

「そう？　でも理沙よりいい女、あれから見つからないんだよね」

「言ってなよ、一生。私は見つけてみせるから」

「はは。そしたら幸せになれるように祈るよ」

――本当に。あの時、断ってよかった。生涯の友達だ。信は。

アリガトウ。

最後に、カタカナで覚束ない字で、そう告げた。信からの返事が来たかどうかは、私だけの秘密。

今日はママがお休みだった。お祭りの日に休みとは都合がいい。

「ママ」

「何?」

「お祭り一緒に行こう」

「いいよ。三時からでしょ?」

「うん」

私は全員に配られているパソコンでの手作りのパンフレットを見た。三時から屋台が出て、焼きそばやおでん、カキ氷が出る。四時から大和高校の吹奏楽部の演奏があり、五時半から和太鼓の演奏がある。そして七時から抽選会がある。今年はじゃんけんだそうだ。去年はビンゴだった。私は一度食器乾燥機を当てたことがある。その時で運を使い果たしたと言っても過言ではない。ママにパンフレットを渡した。ママも興味深げに見ていた。

私は午前七時から寝直した。久しぶりに夢を見た。

In Dream Part 2

それは、この前見たものと同じ夢だった。

私は小高い丘の上に来ていた。下には「呪われた一族」が住んでいた家々が見える。私は霞んで見えるソレを、見るともなしに見ていると、やがて伶《れい》が現れた。それを気配で察知すると、私は崖から両足を放り出すようにその場に座った。伶も見習って隣に座る。伶から何かを喋ろうとはしなかった。

夢での私は、現在高校二年だ。これは、それからさらに三年前の出来事だった。伶が、どうしても敵わない海人を恨んで、私の通っていた道場の師範を目指し、修行に出る前の話だった。

「師範と修行に出るんだって？」

「ああ」

「これでも一応、従兄弟だからな。心配はしている」

「お前に誰かを心配するほど余裕はないだろ？」

その通りだった。この頃の私に余裕なんて、片時もなかった。

「それでもこうして来たんだ。お前も何か言いたいことがあるんだろ？」

「俺は何もない」

「……数珠、取ってみろよ」

そう言うと伶はどこかビクッとし、そっぽを向いた。

私はそれを肌で感じてふいに伶の手を取る。そして数珠をむしり取った。

「……っ！　ヤメロ‼」

一瞬、目の前が靄に包まれた。そして酷い悪臭があることに気づく。伶は私から少し離れた場所にいた。その姿は化け物、そのものだった。伶は何か言いたそうな顔をしている。とは言っても今の私には、

「悪いが、私にはお前の姿は見えない」

見えないのだが。

「えっ？」

伶の声はそのままだった。

「何分視力が悪くてな。酷い悪臭はするが。お前はそれ以上でも以下でもない。――抱きしめもしない。だが逃げもしない。お前の価値はお前で決めろ。私にとって、お前はそういう存在だ」

「……何だ、それ」

「――いつか、その姿を愛す奴が現れる。必ずな」

「お前もそれを待ってんのか？」

「多分な」

私はその一言を最後に伶に背を向けて歩き出した。やがて靄に包まれ、伶は元の姿に戻る。戻

って、伶は自分の手の平を食い入るように見つめた。
——現れるものか。
でも、理沙は逃げもしなかった。悪臭を嗅いでも眉一つ動かさなかった。
理沙とは、そういう存在だった。

それから三年経ち、伶には私が言った通り、裕子ちゃんが現れ、私にも失ってしまったが志乃が現れた。私は、たびたび紫炎の家に転がり込んでは伶の部屋で伶と一緒に寝ていた。最初、伶は嫌がったが、男と一緒に寝るよりはマシだと思ったらしい。何回か繰り返すと、何も文句を言う事はなくなった。——というより私が、「裕子ちゃんと私が一緒に寝たら、裕子ちゃんのことを犯す」と言ったからだろうが。

私は笑うようになっていた。それは伶も同じだ。変わった。たった一人の存在で。その一つが、生きていく、私達が生きる存在理由になった。

私は居間でパソコンと向き合い台本を書いている最中だった。ドラマを主演で三本抱え、その全ての脚本を担当している。『奔放記』と『ディア・マイ…』と『クラブM』だった。

なかなか良い言葉が見つからず、私が「うーん」と唸っていると、芭唐は私がボーカルを担当しているグループ、「TRAP」のCDを聞いていた。芭唐は、「理沙は本当のコトしか唄わないから理沙の歌は好き」と言っていた。私は嘘を書く気はなかった。だからついつい本音が漏れて唄えなくなった歌もある。それを裕子ちゃんは笑いながら「志乃さんもきっと聞いてますよ」というものだから、最近、だんだんと唄える歌の数も増えていった。

私は裕子ちゃんに作ってもらったカフェオレを飲みながら、まだ「うーん」と唸っている。そしてふと思い立ったように芭唐達の傍に行くと、「散歩でもしない？」と言った。

「いいの？　台本途中じゃないの？」

芭唐の問いかけに私は笑って、

「気分転換だよ」

と言った。

「じゃあ僕、行く！」

芭唐は嬉しそうに言った。だがそれを遮るように、「……俺が行く」と伶が言った。芭唐は少し考えて「その方がいいかも」と、またCDに聞き入っていた。

「伶が私と一緒に行くなんて珍しいね」

外に出て、夏の日差しを浴びて二人はのんびり散歩をする。

「別に。暇だったからな」

「いつ以来かなぁ。ああ、私が伶の本当の姿見た日以来かもね。二人っきりになるの。それでなくても私は仕事が忙しいから中々こっちに帰って来れないし。まぁ、今日はいい機会だと思って仲良くしてやって」

「ああ」

二人は何処に行くでもなく、本当にブラブラしている。別段楽しいわけでもないが、つまらないわけでもなかった。ふと思い出したように伶が言う。

「あの時……」

「あの時？」

「二人であの丘に行った時、俺はお前に本当の姿を見せるつもりでいた。隠すもつもりもなかったらからな」

「そうなんだ。私が数珠取っちゃたんだよね。後悔してないけど。伶も後悔してないならいいよ」

「俺、嬉しかった。何にせよ、俺の本当の姿見た時お前が逃げ出さなかったこと。後で色々考えた。拒絶するのが当たり前なのにお前はそれをしなかった。しかも『いつかそれを愛す奴が現れる』なんて予言もしやがった。本当に現れたけど、あの時はその言葉に迷った。『現われるものか』と」

「そっか」

「芭唐も言ってたがお前は本当のコトしか言わない。『抱きしめるつもりもない』と言ってたが……。俺は、あれで充分だった」

「そっか」

「嬉しかった」

「私も伶にそう言われて嬉しいよ。大切な人も見つかったようだしね。……私のようにならないように気をつけな。〝今〟を精一杯生きろ。傷ついてもいい。泣いたっていい。過ぎた季節に、後悔だけはしないように」

「――ああ」

二人は三十分ほど歩いて家に戻って行った。その間に確かに感じたものがある。夾の痛み。そしてそれが癒されつつあるということを。私は笑った。アイツが変わるとは思ってもいなかった。

——良いコトだ。

家に帰って私は早速、居間に向かい、愚痴を零した。

「締め切りは毎週来るし。しかも三本。新曲は五曲作んなきゃ駄目だし。これも手の平の上で生きてるって言わない？　いっそ舌噛んで死のうかな」

「駄目ですよ！　そんなことしたら哀しむ人が沢山います」

「そっかぁ。そんな人達の涙見るのまっぴらごめんなんで、それを見ないで済むように、自分の為に生きます！」

「はい」

裕子ちゃんは笑って答える。私はその笑顔に酔いしれながら隣に海人と伶がいることに気づいた。

「何？」

「そうやって作ってくんだね。紫炎も小説書いてるけど、書いてるとこ見たことないし」

「モノ作るのって大変なんだな」

「まぁね。まあ、これが生き甲斐だから仕方ないけど。私も妙なものに生き甲斐、感じてるよ」

「そうだね」

「海人、芸能界入んない？」

「な、何、急に……」

「いや、改めて綺麗な顔だなぁと思って。私がプロデュースしたら一発で売れるよ」

「芸能界か。新しいことにチャレンジするっていう意味ではいいかもしれないけど……」

「腹黒い奴ばかりだけどね。まっ、だからこそ希望の光も見えるってなもんさ」

「うん」

「海人、好きな奴いるんでしょ？」

「うん。いるよ」

「人を好きになるってのはイイコトだよ。痛いことでもあるけどね」

　海人はそう言う私に何かを感じたのだろう。少し寂しげな笑顔で笑った。もしかしたら私が志乃のコトを言っていると思って、笑ったのかもしれない。私はそれを訂正するように言葉を付け足す。

「守るっつうのは何も力のある奴ばかりがやることじゃないんだ。守るっつうことは支えになるっつうコトだ。だから一つの指輪だって人を守るコトが出来るんだよ。――思い出としてね。そんなコト言ってる私は守れなかったんだけどね」

「理沙……」

「大切なモノはいつか失う。必ずね。だからそれまでに何が出来るか、だろう。失うコトばかりを考えるんじゃなくて、それまでにその人に何をしてあげたいか、何をして貰いたいか、それを前提に生きていけばいいんだよ。死ぬってコトも同じコトだよ」

「――ホント、理沙の口からは為になるコトばかりが飛び出す」

「そう？　人様に説法して回る気はないんだけどね」

「――充分してるよ」

「不本意だなぁ」

そうして笑う私を見て、海人も笑った。

8

目が覚めたのは午後一時だった。ママの「お昼だよ」という声に反応してのものだった。私はノロノロとベッドから起き上がると、今日飲んでいない薬を手にリビングへと向かった。

今日のお昼はラーメンだった。因みに私は醤油が好きだ。今日のお昼は醤油ラーメンだった。私は薬を飲んで指定の席に座りラーメンを食べ始める。私は猫舌なのでフーフーと勢いよく冷ましてから麺を啜り始めた。

「美味しい」

「そう?」

「生ラーメン?」

「そう。安かったから」

多分、スーパーで一九八円でセールをやっていたのだろう。私はスープを飲むことがない。ママはスープの美味しいラーメンしか食べないが。とは言っても通っているのは、「おばさんのラーメン屋」と呼んでいる日曜と水曜にラーメン一杯二九〇円になるお店と、ラーメン一杯が三九〇円のチェーン店だった。「おばさんのラーメン屋」の由来は、そこのおばさんが千佳ちゃんのお母さんに何となく似ていることだった。因みにパパが名付けたものだ。

パパは何でも変な呼び方をする。「ロボコン」もそうだが、ママのことは「下腹ばばあ」と呼んでいる。それはママが下腹だけ出ているからだ。とはいう本人も下腹だけ出ているのだが。だからママは負けじとパパを「下腹じじい」と呼んでいるときもある。普段は「おやじ」だった。それを見習って高也も時々——大抵はパパが酔っているとき——おやじと呼ぶようになった。

パパは酒癖が悪く、飲むと決まって不機嫌になる。というか怒りやすくなる。普段に輪をかけて、だ。だからそのことでママとの諍いも絶えなかった。最近ではそういうことも減ってきたが、未だその時に開けた壁の穴は塞がれていない。

私はラーメンを食べ終わると、もう一度パンフレットを見た。たまたま近くに置いてあったのだ。あと二時間か。ママも横目でそれを見る。楽しくなればいいのだが。とりあえず、今のこの機嫌だけでも良くなれば。この心が晴れればいい、と思った。

私はすることもなくただ点けられたテレビを見る。ママの好きな「新婚さんいらっしゃい」がやっていた。私はただボーッと見る。ママが食べ終わって席を立つのが分かった。テレビに出ている新婚さんは、バイトで巫女さんをやっていた新婦とその神社で働いていた新郎だった。奥さんの方が気が強いらしい。夫は奥さんのペースに押され気味である。

はて、我が家はどうだろうか。かかあ天下か亭主関白か。よく罵り合っているが、二人とも負けず劣らずである。分からないということは、両者それ相応にやっているということか。家では均整の取れた天秤らしい。

「新婚さんいらっしゃい」を見ると、よく分かる。「この世の中にも色々な人がいるんだなぁ」って思う。人の在り方が。他人の前でこんなに「自分」を見せられるのはイイコトだと思う。私はそれを最後まで見て、自分の部屋に行った。そして窓辺に置かれている枯れた観葉植物を見る。頭の中で言葉と人物が浮かぶ。

「なぁ、これ元に戻ると思う?」
「無理じゃないですか?」
「枯れ果てちゃえばそれで終わりなのね。――哀しい性」

私は観葉植物をリビングへと持っていくと、テレビの上に置いた。空いたスペースがたまたま其処だったのだ。

その斜め下には同じ属科の植物がある。同じ日に同じ店で買ったものだった。確か名前を「豆の木ジャック」と言ったか。豆が割れてそこから細い幹が生えているのだった。リビングに置いてあるソレはすくすくと元気に育っている。新しく幹の上に葉っぱが生えてぐんぐん翼を拡げている。私のは、生えてはいるが枯れ果てていた。生えたのはパパのお陰だ。私はいつもブラインドを閉め切っているし、水もやらない。それを見かねてパパがリビングに私の「豆の木ジャック」を置くと、すくすくと順調に育っていった。ある程度育つと私に返してくれた。だが結局私は枯らしてしまった。少しだけ罪悪感が残る。だがそれも点いていたテレビ番組の「アタック何とか」で晴れてしまった。本当はその罪悪感は、それは、残しておいた方が良かったはずなのに。私はそれに気づかず、出演している素人の高校生が難題を解くように見入っていた。

いつか気づけばいい、そう思う。出来るだけ早く、人を思いやる心と同時に、芽生えればいいと思う。私はついついその番組を最後まで見ると、あと一時間で屋台が出ることに気づく。

あと一時間か。私はママに貸している『最遊記』一巻を読み直すことにした。ママも「おもしろい」と言っていた。自分の選んだモノを肯定されるのは気持ちがいい。その内、時間も忘れて二巻、三巻と読み直す。そしてママに「屋台、出てきたんじゃない？」と言われ、ハッとし慌てて着替えに行くのだった。

いつものTシャツではなく、ちょっと気に入っている、袖がくしゅくしゅしている黄色の上着といつものジーンズを着ると、私はリビングにいるママに「行こう」と言った。ママも着替えが済んでいるらしく、「うん。いいよ」と玄関に向かう。決して広くないマンションの玄関に二人並ぶと勢いよくドアを開けた。

エレベーターで下に下りると、マンションの住民が何人かいた。皆、お祭りが目当てだろう。快く挨拶を交わしてくれる人もいる。私は何となく嬉しくなって、ママと一緒に頭を下げた。

公園に着くと既に屋台は出ていて、子供会の人達が一生懸命焼きそばを炒めている場面に遭遇した。私は少々迷いながら、奥まった所にあるカキ氷屋を見つけ歩いていった。一杯五〇円だった。私がブルーハワイを選ぶと、勢いよく作ってくれる。その人も知り合いだった。

カキ氷を買ってしまうと、もうお祭りには用はない。ママと二人でスーパーに行った。私は道を歩きながら、山になっている氷に悪戦苦闘する。どうやって零さずに食べようか。だがその懸念も虚しく、山に積まれたカキ氷はむざむざと零れ落ちるのだった。店内に落ちたそれは、人々が踏み潰してただの水になる。これで転ぶ人がいないといいが。

私は心配しながらママとおでんの材料を買った。何故「おでん」なのかは多分、屋台で売っているおでんをママが見てのことだろう。この暑いのにおでんか、と思わないでもないが、ママが作るおでんは美味しいので黙っていることにした。猫舌の私にとって熱い食事はあまり好きではないのだが。だからママが作るグラタンやラザニアやドリアも、オーブンで焼くので熱いため、美味しいが、あまり好きではなかった。

一通り店内を見渡して必要なモノを買うと、家路に着いた。「お祭りだ」と喜んでいた高也は、今日は腹痛で寝込んでいた。「哀れに……」私は弟の不甲斐なさに思わず笑いが零れた。ママはそれを見て笑っちゃ可哀想だと言っていたが、ママも顔が半分にやけている。

最近年頃になってきた高也は、反抗期か口数も少なく、怒りやすく文句も不平も多い。テストでいい点を取ると、「お金をくれ、お金をくれ」。口を開けばそれしか言わないとママが不満を漏らしていた。「小さい頃は可愛かったのにね」と言うが、それはどこの家庭の子供もそうだろう。私も小さい頃は顔も可愛かったらしい。

「あの女優の子供は小さい頃不細工でどんな大人になるかと思っていたけど、この間テレビでその子がチラッと出ていて、見てみたら可愛かったよ。小さい頃不細工な方が可愛くなるんだねぇ。小さい頃に可愛い子は大人になると可愛くなくなるんだよ。理沙ちゃん、可哀想に」

ばあちゃんが昔、そう言ってくれていたのを思い出す。確かに鏡に映る顔は、「綺麗」とは言えない。小学校の頃からニキビに悩まされ、成長して今では収まってきているが、ニキビ跡は減らない。なかでも顎の下にあるニキビ跡は悩みの一つだ。もっと可愛く産んでくれたら良かったのになぁ、と思うが、こうやって生まれてきた以上、仕方のないことだった。

私はお祭りの活気を思い出す。人も多く、皆、社交的でいい人ばかりだ。皆の前だから装っているのかもしれないが、それでも人に「いい人」だと思われるコトは良いことだと思う。「いい人」止まりの人もいるけれど。私は「挨拶の出来る愛娘」に見られただろうか。周りの人は笑ってくれたが私も一緒に笑えていただろうか。

四時になってパパが帰ってきた。パパが「ビールが飲みたい」ということでお祭りに行くことになった。家は節約の為、発泡酒だ。ママ曰く「どうせ味が分からないんだから安いものでいいの」らしい。パパの為にもう一度着替えてお祭りに行った。さっきより人口密度が増えていた。残念ながらビールは置いてなかったが、パパは気にせずかき氷を買ってくれた。パパは公園の入り口で待っている。パパと買い物に行くと、いつもお金を支払うのは私だ。財布を渡してパパは車の中に戻るのだ。そういうことがあまり好きではなく、苦手らしい。

入り口に戻り、シャカシャカやっている私を見て、「パパも食べたくなった。パパの分も買ってきて」と、また私に財布を渡した。私はカキ氷を買いに行く。私と同じくイチゴ味にした。戻ると私の分が手渡され、「シルキーに少しやろ」と言っている。シルキーは食べ物なら何でも好きだが例外なくアイスも好きだった。パパは普段甘いものは食べないのだが、ここ最近忙しく、そのため躰が欲しているのか、チョコレートやアイスを食べるようになった。専らアイスはレモンシャーベットだが。

家に着くと、パパは早速シルキーの餌皿にカキ氷を少し入れてやった。私は点けられているテレビを見ながら、かき氷を食べる。下の方はシロップが染みていないため、味がなくて食べづらかったのは一杯目と変わらない。私は食べ終わると、さっきはスーパーのゴミ箱に棄ててしまったスプーンを、シンク上に置いてあるたらいに入れる。我が家では、割り箸などを棄てずに、洗ってまた使う。貧乏性だと言われればそれまでだ。パパはそのまま台所のシンク上にある吊革に吊るしてある袋の中に棄ててしまった。私はそれを「あーあ」という気持ちで見送る。貧乏性なのは私一人かもしれなかった。

「理沙ちゃん」

突然ママに呼ばれた。

「今日グラタンするから、ばあちゃん家にマカロニ貰ってきて」

「うん」

おでんにグラタンか。

まっ、いっか。

私は立ち上がると下の階にいるばあちゃん家にマカロニを取りに行った。外に出ると吹奏楽の音が響いていた。外で練習している音は響いていたが、これは本番らしかった。

ばあちゃん家に着くと誰もいなかった。私は少し待ったが、帰ってこないので諦めて帰ろうと外に出た。すると、エレベーターで上がってきたばあちゃんに遭遇した。

「ばあちゃん！」

「ああ、理沙ちゃん」

「何処行ってたの？」

「公園。吹奏楽聞きに行ってたの。ばあちゃん、ああいうの好きだから」

演歌以外でも聞くのかぁ。私は少し意外に思いながら耳を澄ませた。此処まで聞こえてくる楽器の音。結構巧く、聞き惚れそうだ。ばあちゃんも聞き惚れてきたのだろう。

「でも子供が煩くてあまりよく聞こえなかったよ」

「そうなんだ」

だから早々と切り上げてきたのか。

「理沙ちゃん何で此処にいるの？」

ああ、そうだった。

「マカロニ貰ってきて、って頼まれたの」

「マカロニなら沢山あるよ。持ってきな」

「うん」

そう言いながら家に入っていく。間取りは我が家と変わらなかった。高也が使っている洋間がばあちゃん家では物置だ。その部屋に、ばあちゃが会社で買ってきた食品が保存されている。私が机の横に置いているのと同じ形のプラスチックの収納タンスを、ばあちゃんは食品入れに使っている。そこからマカロニを一袋取り出した。

「一袋でいいの？」

分からなかったが、たっぷり入っているのでいいだろう。

「そういえば、和太鼓もやるみたいだね」

「うん。一緒に聞きに行こう」

「そうだね。じゃあ迎えに来て」

「分かった」

私はそう言うと、ばあちゃん家を後にした。何だかうきうきしてくる気持ちがある。それはこの夏のお祭りのせいか。お祭りには何だかそんな効果がある気がした。

まだ日が明るい頃、だんだんと暗くなっていく空に比例して、和太鼓を聞きたくなる気持ちが増していく。

わくわくしてくる気持ち。ドキドキする気持ち。何だか変だ。嬉しいのか。楽しいのか。あの時、仲間と行った夏祭りに似た感情を思い出す。そう、小説が書きたくなってくる気持ち。

私はその気持ちを大切にしようと思った。

五時半。和太鼓が始まったかと思われる頃、電話が来た。ばあちゃんだった。

「ちょっと行ってくるね」

本日三度目のお祭りへ今度はばあちゃんと行った。

和太鼓が三台用意され、その前にパイプ椅子が三列になって置かれている。私達はその二列目に座ってその時を待った。やがて和太鼓が始まる。

「皆さん、こんにちは。私達は和太鼓をやっている『生臭』グループです。今日は楽しんで行ってください」

「はーい」

「ではでは一曲目、『無造作紳士』行きましょう」

「はーい」

何かを言うたびに返事をしていく。私はその一つ一つを忘れないように胸に留めた。全ては小説を書く為だ。書きたい。また、書きたくなった。この夏の思い出。変われるかもしれない自分。

それを、書きたかった。

――パソコン早く戻ってこないかなぁ。

私がそんなことを考えてると、

「こんにちは」

という声が後ろで響いた。見るとシルキーを連れたパパだった。

「おお、要。聞きにきたの？」

「はい。折角なんで」

「そうだよね。一年に一回だもんね」

一年に一回。毎年行われるが毎年違っていくお祭り。夏の思い出。私自身。

私はやっぱり書こうと思った。この瞬間を、逃さずにいたい。私の思いを、誰かに伝えたい。

――それから五曲ほど演奏して、和太鼓が終わった。次は、じゃんけん大会だ。シルキーがリードに繋がれて、もぞもぞとパパの膝の上を歩き回る。隣にいるばあちゃんの膝や私の膝にも乗っかってきた。後ろにいる人の声が気になるのだろうか、始終そわそわしている。少しだけキャンキャンと鳴くこともあったが、全体的に静かだった。パパといるからだろうか。シルキーはパパに一番、懐いている。二番目がママで多分三番目が私だろう。一番下は、なめられている高也だ。パパは和太鼓の演奏が終わると、

「一旦帰ります」

と一言を残してシルキーと共に家に帰っていった。

「次はじゃんけん大会だからいればいいのにね」

「ねえ」

多分じゃんけんだから帰ったのだろう。去年のビンゴのままならいたはずだ。私がじゃんけんが苦手なように、パパも苦手なのかもしれない。じゃんけんが苦手なのはパパに似たからか。いつも思うが親とは嫌なところしか似ない。顔も体格も性質も性格も。それを言っても仕方ないのだが。私は思い直して司会の声に聞き入った。

「じゃんけん大会を始める前に、今日来て下さった衆議院議員の先生を紹介します」

へぇ。こんな小さなお祭りにも来てくれるんだ。

「皆さんこんにちは。衆議院議員の村田です。今日はこんなにお集まりいただき、私も感激しています」

成る程、喋り慣れている。地元の人なのだろうか。

「神奈川は私の地元で今日だけでもお祭りは二十件あります。その中で今日はこのお祭りを選ばさせていただきました。去年も来たのですが、いい意味で変わってなくホッと安心しております」

こんな小さなお祭りを選んでくれるとは。嬉しい限りである。

「では、私の挨拶もこの辺で、皆さんが楽しみになさってるじゃんけん大会へ移って下さい」

そう言うと、議員はそそくさと帰っていった。あれが嘘でも方便でもいい。何はともあれ、こんな小さなお祭りを選んでくれたことが嬉しかった。この私がいるこのお祭りを選んでくれて嬉しかった。

空がだんだんと暗くなっていく。その度に明るい星が見え、私は胸が高鳴っていった。書きたい。小説を、この手で書きたい。このお祭りの事も、思いも、感情も、感覚も、全て、全てを書きたい。私はじゃんけんに夢中になっているばあちゃんを見て、勢いよく椅子からガバッと立ち上がった。

「勝とうね、ばあちゃん」

「うん。そうだね」

パソコンが壊れて苦しくなっていた気持ちが期待に変わっていった。

「チャンスだよ」

そう言ってくれた信の言葉を思い出す。チャンスだ。神様とやらがくれたチャンスなのだ。

この手に掴めた最初のチャンス。私はパソコンが壊れたことを思った。全てはこの小説の為に。

私がこれから書く小説の為の一歩だ。そして出来上がる作詞の第一歩だ。痛い思いは、強くする。

私を強く、してくれる。痛い思いは、私を少しだけ、優しくしてくれる。強く、優しく。そして。

私はジャンケンに勝って前に行ったばあちゃを見た。帰ってくる。

その手には漫画、コボちゃんの絵の入った掛け時計が一つ、軽々と握られていた。

「勝ったよ、理沙ちゃん」

「すごいね」

「あげるよ」

「ありがとう」

掛けることは――ないだろうけど。


帰り道、暗くなった夜道で私は誓った。

「十二日までにレポートを全て終わらせよう」

「十二日までにネタを沢山集めよう」

些細なコトでも、いい。木々が揺れるだけでもいい。其処から飛び立つ鳥でもいい。何か。何か、些細なコトを、書き留めたい。そして誰かに読んでもらいたい。私の思いを強く感じて欲しい。そして出来るならそれを本にしたい。多くの人に読んでもらって共感してもらいたい。そして。親孝行できたら。今まで迷惑かけた分、全部を恩返しできたら。最高の娘になろう。孫になろう。そして最高の作家になろう。作詞家になろう。有名なんかじゃなくていい。ただ一人に好かれる私になろう。いつか出来る愛しい人に、誇れる私でいよう。誇ってもらえる私でいよう。その為。

「　　　　　　」

心の声に耳を澄ませた。今は十二日のことしか考えられない。——レポート頑張ろう……。美術四通あるけど。日本史三通あるけど。数学ないし。国語二通あるけど。国語は得意だし。私に出来ること。一つ一つクリアしていこう。そして見える何かに、夢を託して——。私はその日、家に着くと、着替えてお風呂に入ってそのまま寝た。

パパは私が勝てなかったことに、「やっぱいなくて良かった」と言った。やっぱり、じゃんけんだから帰ったのだ。シルキーが足元でじゃれつく。今日はそれが愛しい。私は頭を撫でて目を細めるシルキーに日課の餌をやった。

Delusions Part 6

それは、珍しく三郎と悠子と清也が家に遊びに来ていた時のことだった。

「おいゆうや、大変そうだな手伝おうか？」

と三郎が言えば、

「ねぇゆうやー、お腹減った」

と欠食児童が声を漏らす。

「折角、来てあげたのに仕事中とはね。まあいいけど」

と、毒舌清也が声を漏らす。何の変わりもない昼下がりだった。

「……おい、何だか外が騒がしいな」

と、三郎が銜え煙草で愚痴った。ここのところ静かだったのだが、工事でも始めたのだろうか。

だがそういう騒がしさではない。人の、それも大人数の、ぎゃあぎゃあはやし立てる声なのだ。

「ああ、そうだな」

私は大して気にも留めず仕事を続けた。

「……先生って、三郎先生達の前では『祐樹』になりますね」

「そう？」

「はい」

気には留めていなかったがその頃からの付き合いなのだから、当然といえば当然だった。人はそう簡単に変われない。変わらない生き物なのだ。

「……おい、その騒がしさがだんだん近づいてくるぞ」

と怪訝な顔で言う三郎に、ようやく顔を上げて玄関を睨むと、待っていたかのようにピンポーンとチャイムが鳴った。

「……家に用がありそうだな。その団体客さんは」

私は渋々腰を上げて玄関までその無法者達を迎えに行く。ガチャッとちょっと嫌味に音を立ててドアを開けてやればそこには数年前に見知った顔達。

「お前ら……」

「ヘッド!!　やっぱ此処だったんですね!!」

それは私がボルツ時代に私の下に付いていたガキ共だった。とは言っても、皆私より遥か年上なのだが。

「……よく此処が分かったな。というか私はもうヘッドじゃないぞ」

「分かってますけど、今更『理沙さん』なんて呼べないですよ」

「……まあいいから上がれ。茶の一杯は出してやる」

「有難うございます!!」

そのガキ共は皆一様に嬉しそうな顔をして私の家に入っていった。

……まっいいか。

こういう日があっても悪くない。

ガキ共は外での煩さ同様、私の家でもけたたましかった。それを祐樹は眉間の皺を増やしながら見やっている。私は残りの仕事があるからと、あまり関わらないでいた。

「ヘッド、今漫画家やってるそうですね。何でしたっけ……愛羅ゆうや？　そうそうソレ。結構売れてるらしいじゃないですか」

「まあな」

「この業界でも噂ですよ。伝説のボルツのヘッドが漫画家なんて」

「そうか」

「はい!!」

私と久しぶりに会えて喜んでいるこの男は拓也という名前で、私の下に付いてよくやってくれた男だ。

「でもヘッド。その腕、まだなまってませんよね？」

「抜けてからもちょくちょくヤってたからな」

「そうですか。ほっとしました。此処だけの話、今のヘッドって頼りないんですよね。ほら、そこに座っている男がそうなんですけど……」

私は、拓也が指差しているその方向を見る。どうやら「此処だけの話」は的を射ているようだ。

確かに、どこか物足りない顔と眼をしている。私は眼だけで大概の連中は判別できるようになっていた。何処もかしこも、くだらない連中ばかりだったが。

「……そうか。だからといって私が戻るわけじゃないぞ？」

「分かってますよ。それはもう諦めてます。もう結婚して子供も出来たそうじゃないですか。おめでとうございます。まさかヘッドが結婚して子供産むなんて考えもしなかったですよ」

確かにあの頃の私は——子供だったというのもあるが——そんなもの眼に入らなかったと思う。何事にも興味がなかった。ただあるのは生死という境だけ。

「……そうだな」

私はその言葉を肯定して拓也を見た。あの頃より少し若く見える。何か張りのある仕事でもやっているのだろうか。そう聞くと拓也は「俺にも子供が出来たんですよ」と嬉しそうに言った。

「そうか、良かったな」

「…………」

私がそう言うと、拓也は驚いたような意外だという顔をした。「どうした？」と聞けば、「ヘッドが良かったなんて言うと思わなかったんで」と返された。確かにそうだ。あの頃の私というのは、本当に情けないくらい「くだらない連中」の一人でしかなかった。

「変わったんだな、私も」

気づかないところで少しずつ。何かの答えを探して得て成長していく生き物なのだ、人間は。

「いい変わり方じゃないですか。俺も変わったって言われますけど、そう言われると何だか嬉しいんですよ。ヘッドもそうでしょ？」

「……そうだな」

否定はしなかった。今の私があるは祐樹達のおかげだ。それを否定しようとは思わなかった。

と、二回目のチャイムが鳴った。それと同時に静か過ぎるほどの虚無が襲った。祐樹達一行がピクッと反応する。それは妖気が襲ってきたときのそれと何ら変わりはなかった。私も同時にピクッと反応する。そのときの反応は、ボルツのヘッド時代のソレだったと思う。と同時に三郎達が嬉しそうに声をあげた。

「久しぶりに見られるか。こいつの暴れっぷりが」

「いいなぁ。私も暴れたい」

「やめときな。ゆうやにのされるのがオチよ」

「うう－」

「……お前ら、さがっとけ」

私は渋々椅子から立ち上がる。まだやってる仕事があるというのに。全くもって騒がしい連中だ。

「おい、隠れてないで出てこ……」

「ボルツは此処か！　俺らがのしにやってきたぞ!!」

どうやらガキ共の後を追ってきたライバルのグループらしい。私はチッと舌打ちをして拓也を呼んだ。

「おい、こいつら誰だ？」

「ヘッドがいた頃、よく争っていたガルブのチームですよ」

「あいつらか。私が何度のしても、果敢にも立ち向かってきた阿呆共だな」

「そうです。こてんぱにのしちゃってください!!」

「……ああ」

「おいボルツ、まさかこの女一人で俺らに立ち向かうわけじゃないよな？　この大人数に適うわけがない！」

「確かに数だけはやたらに多いな。無能な奴等は数に頼る。チッ、激面倒臭ぇ」

「何だと!?」

ガルブの一人が私に殴りかかってきた。私はその腕を掴むと、勢い任せに関節とは逆方向に捻る。

「ギャー!!」

「フン。数打ちゃ当たるっちゅうもんでもないんだよ」

次々と襲いかかられ、私は周りをガルブに囲まれた。

「理沙!!」

心配そうに易楢が私の名を呼ぶ。

「心配すんな。こいつのことだから中で……」

「ガフッ!?」

輪の中の一人が、私に腹を蹴られてそのまま数メートル飛び去った。

「なっ？　言ったとおりだろ？」

三郎が自分のことのようにヒューと口笛を吹きニッと口を吊り上げた。

「すげぇ……理沙ってこんな強かったんだ」

「そりゃあ、お前らの原作者様だからな」

「だよな」

輪の中のその数は確実に少なくなってきている。最後の五人。私を囲む四人が同時に崩れ落ちた。一人が眼を見開いて私を見てる。

――いい顔だ。

私はそいつに回し蹴りをくらわせた。

「オイッ」

と。そこに予想外の声が響いた。

「あっ、あいつ」

拓也がその声を聞いて声を上げる。

「何だ？」

眼鏡をかけていない私には何も見えなかった。ただ人影がチラチラと動いている。

「ボ、ボルツのヘッド!?　まさか、理沙が此処にいたとは……!!」

その声には私も聞き覚えがあった。確かガルブのヘッドだった男。此処に駆けつけたということは、未だ現役でヘッドをやっているらしい。私から言わせれば、腰抜け野郎なのによく今まで続いたものだ。

「祐樹」

私は祐樹の名を呼んだ。祐樹はそれが決まりゴトのように整備しておいた銃を投げる。私は躊躇いもなくその男に銃口を向けた。

「その銃、本物……!?」

「ああ」

ここにきて、この男の名前を思い出した。佐竹だ。ありふれた名だから今まで忘れていた。

「これだけの人数ご苦労だったな」

「そんなつもりは……」

「おい佐竹、殺せるものなら殺してみろよ、この私を」

ニヒルに口元を上げて自嘲する私に佐竹は一瞬ニヤッとした。だが目が笑っていないコトに気がついたのだろう。すぐに、

「む、無理です。貴女を殺すなんて絶対に無理です！」

と付け加えた。

「だったらこいつら連れてさっさと帰れ。二度と此処に来んじゃねーぞ。次来たときはお前もろとも全員殺す」

「は、はい!!」

佐竹は腰が引けていた——ように思う。眼鏡をかけていない私には見えるわけがなかったが、現役を退いた私には滅多に拝める光景じゃないから、かけとけば良かったなと少し後悔する。だが、その後悔も長くは続かなかった。

「おい三郎、悠子、清也、こいつら引きずり出すの手伝え」

「へえへえ仰せの通りに。まっ、お前の暴れっぷりも見られたしいいけどよ、別に」

「あの、僕等も手伝いましょうか？」

蝶理がこの光景に何も辞さずに声をかけてくるが私は断った。わざわざ蝶理達の手を汚させる

必要はない。それほどくだらない連中なのだ。

「――私も、か」

拓也達も全員ゴミの回収作業に追われる中、祐樹だけが私をジッと見ていた。

「……何？」

「その台詞、俺にも言わせただろ」

「そういえば、言わせたかも……」

「まあ良いがな」

その台詞とは「殺せるものなら殺してみろよ」だったと思う。勢い任せに言ったからあまり覚えてはいないが。祐樹も勢いに任せて言っただろう。よく覚えていたものだ。

「……あのー」

と、そこに似合わない声が響いた。アシスタントのリエちゃんの声だった。

「どしたの？」

「先生今キレたんですか？」

「いや……」

「キレてねーよ」

私の声に被さったのは三郎の声だった。

「キレたらこいつ、一人称『俺』になるから」

「そうなんですか？」

「あんまりキレてあげたことがないから、分からないけどね」

大概キレる前にのせる奴らばかりだったから、その必要がなかったのだ。

「でも先生格好いぃですね！　本当にヘッドだったんだぁ」

「……何だと思ってたの？」

「いや何だとはないですけど、ただ漠然としてたので」

「まっ、確かに信じろという方が無理に近いよね」

「まっ、いいんだけど」と付け加える私にリエちゃんは苦笑いした。

それにしても。

「お前らが来ると、ろくでもねぇことが起こるな」

「それって俺達のこと？」

回収作業の終わった三郎が寛いでいた先で声を漏らす。

「当たり前だ」

だから私も素行が悪かったんじゃないだろうか、と心の中でちょっと罪をなすりつけつつ、三郎の銜えていた煙草を奪い取った。

「……相変わらずお前の煙草はまずいな」

「お前の煙草が不味すぎて味覚がオカシクなったんでない？」

「殺すぞ」

「おお怖っ。大将様を怒らすとろくなことねぇからな」

「それはこっちの台詞だ」

私達が無駄な言い合いをしている時、リエちゃんと蝶理はこんな会話をしていた。

「……先生って本当、三郎先生達の前では『祐樹』ですよね」

「素になるくらい仲が良いんですよ」

「ねぇよ!!」

そう同時に叫んだのは仲が良い印だったのか否か。

Delusions End

9

それから一週間、私はがむしゃらにレポートをやった。日本史三通、国語二通、世界史三通、——そのうち二通は色鉛筆で地図を書く所だけ残していたのだ——美術四通、英語四通、体育一通、理科五通、家庭科二通。計二四通……。

美術は買ってきたＦ６のスケッチブックにシャーペンで下書きをして、人物像、身近な風景、ポスター、自分の手のデッサンを描く。そのうち、人物像と身近な風景、ポスターには色を塗らなければならない。身近な風景は机の上の絵を、人物像は台所で立ち仕事をしている人の後ろ姿を、ポスターは『奔放記』に出てくる妖怪の手と人間の手が触れ合う絵を描いた。

ポスターの標語は「生きる。たとえ何があろうと」だ。それは私にも言える事だった。だからすんなりと浮かんでくる。だが感想を書く欄には、「文字を考えるのが難しかった」と書いておいた。私がどんな人間に見られるかを懸念してのことだった。

水彩絵の具と六四色あるクレパスで絵を彩ると、それを丸めてレポートを巻きつける。そして返信用の一五円分の切手を貼る。二四通分の切手を二枚ずつ貼るのは意外と大変な作業だった。切手が不味いことを知る。前までは一五円切手が売られていたのだが、今ではなくなってしまい、一〇円切手と五円切手を分けて貼らなくてはならなくなった。面倒臭いと思いながらも、レポートが終わった爽快感に、いつの間にかそれは薄れていった。

季節は八月十日だった。今は昼過ぎだ。もうパパは仕事から帰ってきている。私は着替えてレポートを学校に出しに行こうと思った。学割で横浜まで片道二五〇円かかるところ、回数券は半額の一二五円だった。往復で二五〇円。二四通分の切手代よりそっちの方が安い。それを思って学校まで出しに行くことにしたのだ。

私がリビングへと行くと、久しぶりに着替えている私を見てパパが「どっか行くの？」と声をかけてきた。

「うん。学校へレポート出しに行ってくる」

「明るいうちに帰って来れそう？」

まだ三時半だった。行くには片道五十分かかる。一時間と考えて単純計算、帰ってくるのは五時半前だ。夏の間は日も長いし、明るいうちに帰ってこれそうだった。

「うん。大丈夫」

「もし遅くなるなら電話して。駅まで迎えに行くから」

「うん」

パパやママはいつも学校の帰りは迎えに来てくれていた。過保護といえばそうかもしれないがバイト時代の名残だった。

「携帯持った？」

「あっ……」

私は入れ忘れたのを思い出して、慌てて部屋に戻る。そして充電器の上に置いてあるピンクの携帯をバッグに入れると、「行ってきます」の一言を残し家を後にした。

外に出ると陽がかんかんと照っていた。夏の間の自己主張だろう。私は仕方がないと思いながら日焼け止めクリームを塗ってこなかったことを後悔する。だがそれも束の間のことで、私は駅までの道のりに「忘れ物はないか」「回数券は持っているか」のことで頭が一杯になった。

駅に着いて回数券を駅員に見せてスタンプを押してもらうと私は走った。電子掲示板で急行横浜行きが三時四二分発だったのだ。だがその健闘も虚しくむざむざと私の前でピシャリとドアは閉まってしまった。電子掲示板を目を細めてみると次の発車は四時十二分らしい。あと二十分もある。私はすることもなくて近くにあった椅子に腰掛け携帯を手にした。そして徐にメールを打ち始めた。

「なっちゃん、今学校に向かってるんだけど、電車が目の前で発車しちゃって、次に来るのが二十分後だよ。その間メールしよう」

五分くらい経って返事が返ってきた。

「この暑い中大変だねぇ。私も試験勉強の息抜きに丁度いいよ」

「テスト勉強中だったの？　ごめんね」

「いいよ、いいよ。理沙ちゃんとのメール楽しいし」

「ありがと。学校にはレポート出しに行くんだ」

「宿題みたいなものだね。どのくらいやったの？」

「二四通。その内、美術が四通もあってさぁ。中学の頃、環境ポスターの宿題一枚が嫌だったのに、高校に入って四通もやるとは思わなかったよ。でもそのうちの一枚に、手のデッサンがあったんだけどね、在り来たりじゃつまらないから、手首から血ぃ流してても一方の手でその流れ出た血を拭うって絵ぇ描いてやったよ。先生びっくりするだろうぜ。はっはっはっ」

「それは衝撃的な絵だね（笑）。先生もびっくりするよ」

「ちょっと当たっちゃったよ。罰が当たらなければいいけど」

その時の私は思いもしなかった。その罰がとんでもない所で受けようとは。

「当たらないことを私も祈ってるよ」

その友達の祈りが届かなかったことを。

「あっ、電車来た」

「おめでと」

「じゃあ着いたらメールするね」

「うん」

私はそのまま電車に乗り込む。思ったより人がいなくて私は座ることが出来た。電車は苦手だったが、レポートを出しに行く使命感で何とか誤魔化そうとした。

笑う人。寝ている人。揺れてる人。話す人。メールを打つ人。立ってる人。何かに怒ってる人。様々な人がいる。そして私もその様々な中の一人だ。平気。怖くない。大丈夫。大丈夫。私は言い聞かせて窓の外を見た。横目に向かいの席に座る人の顔が映る。自分を見ているのではない。私と同様、窓の外を見ているのだ。大丈夫。落ち着いて。世間は私が思っているより怖くない。

急行だったから、二十分ほどで横浜についた。私は二階から降りると迷うので、降りる人が向かう改札とは逆方向にある階段へ向かった。そこに近かった降り口の人はそこから改札を出ようと同じく階段を降りる。ザァッという擬音が似つかわしい、人々の溜まり場だった。私はその人込みに紛れて改札へ向かう。駅員さんに回数券を渡すと外に出た。通信に通うまでは回数券の存在を知らず、「裏の白い切符」の意味が分からなかった。時々そういうのが出るのか、そしたら駅員さんの所に行って改札を通るのか、と思っていた。

外に出ると、家から出た時に感じた蒸し暑さが途端にぶり返してきた。今年は冷夏だと言うが、この湿気は頂けない。私は歩きながらなっちゃんにメールを送る。行き交う人にぶつからないよう前にも注意を払わなければならない。これではコギャルとなんら変わらない。私はああいう人は苦手だし自分とは無縁だと思っていたが、この歩きメールをする無神経さは同じかもしれなかった。

「着いたよ。暑い」

「おめでと。暑いよねぇ。学校まで何分？」

「十分くらい。一つ手前の駅からだと一分くらいなんだけど、それだと各駅で行かないとならないから」

通信で知り合った人と一緒に通っていた時は、二俣川駅の一番はじっこのホームで待ち合わせして横浜まで行き、その後、海老名行きの各駅停車で駅まで戻って通っていた。だがその人達が留年し疎遠になり、一緒に行かなくなるとそれもなくなり、私は横浜から一人で通うようになった。

一緒に通っていたのは、一年下で中学から上がってきた人、私と同い年で同じく高校を中退し、心療内科に通っている人の二人だった。だが安奈ちゃんと同じく、そんな風には見えなかった。人をそんなことで判断するのは良くないが。安奈ちゃんと違うところと言えば、その容姿と性格だった。髪は赤く染め、ネイルは綺麗に整え、メイクをし、友達もコギャルだった。そして十七歳のその子は何歳と偽ったのか、キャバクラでバイトするようになり、煙草も堂々と吸っていた。疎遠になったのは、それらが原因だったのかもしれない。私は気づかぬうちに、それらで人というものを判断していたのかもしれなかった。

「それは大変だね。十分ならそっちの方がいいかも」

「うん。私もそっちで選んで通ってる」

　思い出したことをメールでは伝えず、一人胸の奥にしまいこんだ。たとえ今は疎遠でも、愛美と同じくそれまでは友達だった。他人というものが知り合いに変わっていた人達だった。

「着いた？」

　そう言われ、周りを見渡すと、学校付属のテニスコートが見えた。私も一テニス部員だ。夏休み中も練習が四回あるのだが、そのうち二回は休んでいた。

　テニスは好きだった。漫画『テニスの王子様』の影響で興味を持った。ママがテニスをしていたことも理由の一つだった。私は近くのスポーツクラブに通い、週一回一時間のテニスレッスンを楽しんだ。コーチも二人いて優しかったし、通っている主な小学生達もくせがあったがおもしろく楽しかった。だが音の変になる感覚のせいで、思うように出来なくなっていく。そして今年一月、好きだったスポーツクラブを退会し、テニスは専ら月二回の放課後の部活でやることになった。

「着いたよ」

私は校門をくぐると、いつ見ても公立にしては立派な建物に圧倒される。そして普段行く道順とは違って事務室に直接繋がっている五段の階段を上ると、大きな扉を開け、クーラーの利いた室内へ足を踏み入れた。

夏休み中、全日制、通信共に生徒はおらず、校内は静かだった。事務局は一階にあり、そこにレポート専用の受付口がある。美術用には、その受付に入るように丸く切り取られている。

私は迷わず事務室へ行くとまず四通ある丸めた美術を指定の場所に入れた。だが狭いポスト状になっているそこには収まりきらず、仕方なく事務員の人を呼んで、残り二〇通のレポートは手渡した。

「お願いします」

「暑い中、ご苦労様。気をつけて帰ってね」

「ありがとうございます」

優しい年配の女性だった。いつもの気が張った男性は夏休みなのかおらず、少しながらホッとした。だから、か。扉を開け放つその瞬間まではその場が優しい空気で包まれているような錯覚を起こした。

「レポート出したよ」

「おめでと。あとは帰るだけだね。暑いのもあと少し。頑張って」

「うん。ありがと。帰ればクーラーの〝除湿〟付けよ。服が背中にべとつく〜」

「だろうね。私も自分の部屋にエアコン付けてるよ。普段はつけないんだけどね。今日は暑いね、本当。早くクーラーのついた部屋で休んでね」

だがこの言葉は、あと数日は私の身に降りかかることはなかった。

「うん。ありがと」

私はその一言をメールに託すと、携帯を鞄にしまいこんだ。鞄は生成り色の肩から下げる形でどちらかといえば秋冬用だった。だが私は外に出ることがあまりないので、夏用に鞄を買っても無駄だと買わずにいたのだ。鞄の中に小さなポケットがある。その中にピンクのセールの時五百円で買った財布と携帯を入れた。ピンクは赤の次に好きな色だった。人前で言うと女々しいと思われそうで言ったことはなかったのだが。

私はとぼとぼと来た道を歩く。本当に蒸し暑い日だった。私は背中に流れる汗を感じながら、涼しい横浜駅を足早に目指した。やがて人通りが激しくなる。交通規制が引かれ、警備員が赤い棒を持って、車の行き来と人の横断を整理していた。車の行き来が引く一瞬を見計らって、警備員が止めていた人の横断を許す。私もその流れに身を委ねて歩いていった。その人々の流れは駅まで続き、ティッシュ配りの女性、チラシ配りの男性、コンタクトレンズの安さを主張する中年男性、何かの客引きをする外国人男性を横目に私は進んでいった。

やがて目指していた、だだっ広い横浜駅に辿り着くと、迷わないように指定の道を歩く。いつか信と来た高島屋への道のりはとうに忘れてしまっていた。とにかく人が多い。この「人」だけで道を誤りそうになる。

私は財布から回数券を取り出すとそれを駅員さんに見せ、スタンプを押してもらい、階段を上った。急ぐ人が多い。もうすぐ電車が発車なのだろう。大和のように目の前で発車することがなければいいが。私も人の波に押されて、少し急ぎながら階段を上りきる。そして電子掲示板に「急行・海老名行き四時四十五分発」と書かれているのを目にする。デジタル腕時計を目にすると、あと二分だった。

こうなると席の確保は出来ないが、乗り遅れることはなさそうだ。もう一方の路線には「急行・海老名行き五時〇〇分発」とある。十五分待ちか。まだホームでその電車を待っている人も少ない。席の確保は出来そうだが、十五分だとあと五分足せば大和駅に着いてしまう。私は悩んだ挙句、混雑した車内を選び、既にドア元に立っている人を横目になるべく人の少ない車両に立った。

この選択が後々、私が後悔する余韻になることを、この時は誰も知らない。

——だがどこもドアの脇には人が立っており、私は仕方なく、投げやりに吊革に掴まることを選んだ。

女性の香水のきつさについヤられそうになる。だがその透けた背中に薄く汗が見え、私と同じか、と思うとかろうじてその場に立っていることが出来た。私の身長でも吊革には届いた。吊革に掴まったのは久しぶりだった。いつも席に座れない時はドア元に立ち、壁につけられた銀のてすりに掴まっているのだ。

やがて電車が発車して、ドアが閉められ密閉空間となった。他人と共有することを強いられた中で私はかろうじて息をする。大丈夫。落ち着いて。平気だから。大丈夫。家に着けば涼しい自室が待っていて、追われていたレポートからの開放感に胸が一杯になるのだ。私はそれらを想像して頑張る素質を見せ始めた。あと、二十分。急行だから二俣川駅までは停まらない。その間、十分。それまでの密閉空間さえ我慢できれば後は何も怖くない。大丈夫だから。吊革に掴まる手に力を込めて、車掌さんの「次は二俣川駅」の言葉を待った。ふと上に目をやると、「NEXT FUTAMATAGAWA」のローマ字が目に入った。よし、もうすぐで着く。少なくともこのドアが開き、一瞬とはいえ密閉空間から脱出できる。外の空気を吸い、多分電車に乗ることに何にも感じていないだろう人々と同じ気持ちになれる。大丈夫だ。

時計に目をやる。四時五十五分。あと十分。車掌さんの案内で大和には五時五分、海老名には五時十五分に着くと知った。家までは十分程だから家には五時十五分には、遅くても五時三十分には帰れる。これなら遅くならないし、心配をかけることもない。

私はホッと息をつくと、時計から目を外し、また上を見た。「次は希望が丘」と書かれている。ヤバイ。あまり上を見ると黒目が上に上がってしまう。今は「アーテン錠」を持っていなかったから、私は気持ちを誤魔化すように足元を見た。香水のきつい、透けた背中に薄く汗が滲んでいる女性のサンダルが見えた。白に花のアップリケがついた洒落たデザインのサンダルだった。私は二三・五センチと縦は小さいが、足幅が太いから横のサイズに合うサンダルが見つからない。これはママにも言えることで、これまた遺伝らしかった。嫌なものばかりが遺伝する。だとしたら私の子供にはこの病気が遺伝してしまうのだろうか。それだけは避けたい。こんな辛い病気、誰にも分け合いたくない。黒目が上に上がってしまうなんて。音が変に聞こえるなんて。誰にも理解されない病気で、「頑張れ」なんてたやすい言葉で励まされるこんな病気だけは、いつか生まれるのであろう子供に遺伝して欲しくなかった。それには私が強くならねば。母は強し、という。私もそんな言葉の似合う、心の強い人になれねば――。

そんなことを考えていると、車掌さんの「次は大和」という独特の声が耳に入った。次か。意外と早かった。大丈夫だった。このまま家に帰り、じゃれついてくるであろうシルキーの相手をし、着替えて、マイコップに冷たいお茶を満たして一気に飲む。そして張り詰めた心を癒し、涼しくなった部屋で寛ぐ。好きな『最遊記』を読み返して、あの言葉や絵柄に酔いしれ、小説の材料になる思いを探し、探して、そして一日が終わっていく。その幸せが待っている。

やがて大和駅に辿り着いた。降りる人は多かった。その中には香水のきつい白いサンダルの女性もいた。私はここで出会った数奇な必然に酔いしれながら、やがて離れて見えなくなった姿に「さよなら」を告げた。

エスカレーターで上まで上ると、ユザワヤ方面の改札を出る。駅員さんが切符を間違えて買った男性の相手をしていた為、狭くなった通路を何とか通りながら、回数券を緑の芝生に置いて行った。私はまた暑さにヤられながら外を歩く。ここにもホストと見られる客引きの若い男性の姿が見られた。この暑い中でスーツをぴっちり着こなし、綺麗どころの女性に声をかけている。私はそんなのとは無縁だから、ただひたすらに家を目指す。

二股に道が分かれた。遊歩道を歩いて帰るか。住宅街を歩いて帰るか。いつもは遊歩道を真っ直ぐ歩いて帰るのだが、今日は気分で住宅街を歩いて帰る事にした。子供で賑わう遊歩道とは違い、両側を住宅で挟まれた狭い道は静かだった。

私はこの静かさに酔いながら意外と安い喫茶店を見る。一度は入ってみたいと思っているお店だ。綺麗で可愛くて小さくて隠れ家的で、何とも私の興味を引いた。ばあちゃんは一回入ったことがあるらしい。その時食べたチーズケーキの味が忘れられないと言っていたのを思い出す。私はケーキの中で一番チーズケーキが好きだから――特にクリームチーズの味が濃いレアチーズケーキ――それを聞いて尚更入りたくなったのは言うまでもない。

私はそこを通り過ぎて、その隣にある有料駐車場を見た。また更に広くなった気がする。コンクリートで埋もれて雑草が消えていく。そういえば、この先もっと進んだところの通るべき道に、もう一つ駐車場がある。其処は役所が買い取ったらしいが、其処の駐車場はもとは芝生の生い茂る広場で、子供の頃は立ち入り禁止の其処によく入り浸っていたものだ。道側にはヒマワリが咲き乱れ、夏になると中学への通学路、それを見るのが日課になっていた。今は見る影もないが雑草の生命力は侮れなく、コンクリートで敷き詰められた其処にも合間を縫ってぼうぼうと草が生い茂っていた。私はその姿とまっさらになったコンクリートの駐車場との両方を二回ずつ見てきたが、最近では諦めたらしく、雑草の生えるままになっている。私はその姿もまた見てみたいと思った。だがそれは叶えられることはなかった。その住宅街を中程まで進んだ時、後ろから足音が聞こえてきた。私はどうせ追い越すだろうと少しゆっくり歩いていたが、その足音は私を追い越すことはなかった。私が不思議に思い、その在るべき姿を求めて振り返ろうとしたその時、突然、鼻と口元に柔らかい何かが押し当てられた。

何だ？

私は一瞬、状況が理解できず、よろけそうになった。それを何とか立て直すと、その何かが布であることが分かった。だがその時、私は既に視界がショートしており、それを目で確認することは出来なかった。

何だ？

もう一度、思う。そしてフラッと耳の奥が崩れていく感覚に襲われてそのまま記憶は途切れた。

その記憶の最後に、多分、海馬に蓄積されているだろう小さな記憶に「死にたい」という言葉が聞こえたことを思い出したのはそれから少し経ってからだった。

気づいたのは午後八時三十九分だった。私はそれを壁に無造作に掛かっていた掛け時計で確認した。私の部屋、リビング、高也の部屋、和室にも掛け時計は防音工事以来掛かっていない。ここは私の自宅以外の場所だった。最初それが信じられなく、辺りをキョロキョロと見渡した。だが何度見てもそこは私の見慣れた部屋ではなく、どう見ても別のアパートの一室だった。

それと同時に、私は腕に痛みがあるのを思い出す。私の腕は後ろに回され動かなかった。多分、これは想像でしかないが、私の腕は銀の手錠をかけられ、それが鉄アレイか何かで繋ぎとめられているらしい。パパが趣味で手錠やモデルガンを持っていたから、多分そうだと思った。

私は掴まったその瞬間を思い出す。布で口元を塞がれた。それに何か薬でも染み込まれていたのだろう。私はどこか人事のようにクロロホルムは効き目があるのか、とつかまった時の回想をした。何かのニュースで、少年が理科室からそれを盗み出し暴行目的で女性にそれを試したが効き目がなく、あえなく御用になったのを見たことがある。私にはそのニュースは無縁のものらしかった。

普段、薬飲んでるから免疫あるはずなんだけどなぁ。

私はこんなところで精神安定剤を思い出し、今日は朝も昼もそして夜も何も口にしてないことも思い出した。

——お腹減った。

一瞬それを思い、いやダイエットには最適かもしれないと思い直した。

――何故か、慌てることはなかった。口も猿轡を噛まされてなかったし、銃やナイフを突きつけてくる相手も現れなかったからかもしれない。だがそれは交渉するべき相手もいないことを意味する。

私はパパとママを思った。私を誘拐した目的は何だろう。お金か、ならお門違いもいいとこだ。家にはお金がない。犯人はそれでも引き出そうとするだろうか。そしたらまた一つ、親に迷惑をかけてしまう。ここにきて初めて自分の不甲斐なさと失態に舌打ちした。

私があそこにいたのは午後五時二十分頃。今は午後八時四十五分。ということはあそこから三時間と二十五分圏内のところに連れ去られたコトになる。連れ去り、手錠をかけ、それを鉄アレイに繋いだ時間も考えるともっと時間は限定される。そんなに遠くではないらしい。私はそれを考え、逃げられる可能性を願った。最後に人と接触したのはなっちゃんとメールを交換した午後四時四十分頃だ。パパと接したのは午後三時三十分。「明るいうちに帰る」とは言ったものの、この時間帯はまだ帰ってくる可能性のある時刻だ。捜索願は出されていないだろう。いや、そういえば私は時間だけを知っているだけで、もしかしたら日付が変わっているかもしれない。丸一日眠っていた可能性もある。となると私は二日間、何も食べてないことになる。

――痩せるな。

プチ断食というものがある。それは丸三日間なにも食べないというものだった。そうすると排便も自然に行われ、ダイエットに効果的な躰になるという。そうなるとあと一日で自然な排便がなされることになる。ヤバイ。私トイレに行けるのか？　ここで漏らすのは女としてちょっと……。

私は多分場違いなんだろうことを思いながら、この先のことを考えた。

高也が最近友達と外出するようになって、何も言わず出て行って帰りが九時になったことがあった。その時、パパはママに高也の携帯にメールするよう言っている。捜索願は出さなかった。だとしたら私の携帯にもママからメールが入っているはずだ。私は携帯が入っている鞄を探した。だが見慣れたソレは、見慣れない部屋にかき消され、見つかることはなかった。外との接触はない。丸一日帰ってこないとなると、流石に心配して捜索願を出しているに違いない。

そういえば最近、小学生四人が誘拐・監禁される事件があった。それは発生何日後に発見されたっけ？　親が心配して捜索願を出したのはいつ？　とは言っても親だって十人十色だから、その親が二時間帰ってこないだけで捜索願を出したとしても、私の親が丸一日帰ってこなかったからといって捜索願を出すとは限らない。

そもそも日付が変わったのかも分からない。とにかく分かるのは、ここは私の家とは違う場所で、私はお腹が酷く減っていて、こうなった元凶である犯人を恨んでいるということ。どういう理由だか知らないが、うら若き乙女を誘拐して監禁して金か何かを強要しようとはいい度胸である。他の誰かにすればいいのに……。とにかく私以外の誰かなら、私は家のテレビでニュースを見て「ああ、こんな事件もあるのかよ、大変だなぁ」と思うに終わっていたはずだ。何という犯人だ。許すマジ。

だが残念なことに私は、delusionsのように武道が得意なわけでもない。どうせやるなら妄想の中の私を誘拐すればいいのに……。とにかく動かない両腕とだんだん痺れてきた両足とを持て余して私は横たわることすら出来ず、蹠く。どうでもいいから私を誘拐した犯人よ、早く姿を現してくれよ。閻魔大王でも砂かけばばあでも石になるじじいでも目玉親父でもキタロウでもいいからとにかく。私がそんなコトを何に対してもでなく願っていると、突然この部屋に繋がる扉が開く音がした。私の姿はドアとは反対方向に繋がれているから、それを音で確認するしかない。私は少し躰を強張らせてその音に聞き入った。

「おい」

男の声だ。低い。私を誘拐したのは男か。ならよくこんな小太りを選んだものだ。もっと可愛いお嬢さんでもいただろうに。それともあの場所を歩いていたのが私だけだったから？　何という不幸だ。やっぱり私の運は去年のビンゴ大会で使い果たしているようだ。食器乾燥機と命が同等だとは。私の命は一万円の価値もないらしい。これから書く小説も印税ゼロ円も夢じゃないのかも。

足音がだんだんと近寄ってくる。その度に床が軋む。見たところ決して古い家ではなさそうだが。私は、身動きせずに男が来るに任せた。男は私のすぐ後ろで一旦歩みを止めると、私の海馬に蓄積されていた曖昧な記憶に照合する言葉を吐いた。

「死にたい」

その言葉を聞いて私はズルッとブラの肩紐が落ちるのを感じた。右肩だ。

へっ？　金が欲しいでも犯したいでもなくて、というかそもそも「欲しい」ではなく、「奪われたい」のかこの男は。私は気が抜けるのを感じながら男の顔を予想する。この声からして二十代半ばか。二十代には色々いる。信みたいな女好きもいれば、こうやって自殺願望のある誘拐・監禁野郎も。「死にたい」という男だ。どうせろくな顔じゃない。髭は茫々で、髪はぼさぼさで、服は乱れて、体臭がして、背はそこそこで、頭はいいかもな。インテリで、友達も少なくて、女もいなくて、とにかく「つまらない男」だ。私は想像するだけして疲れが生じた。いっそこのまま何もなかったことにして眠りにつきたい。出来ればバイト代で買った私のお気に入りの赤いベッドがいい。だがそんなことは起こるわけがなく、男は私の願いも無視して私の視界に飛び込んできた。あくまでゆっくりだが。そして私は驚く。もう一度、へっ？　だ。

「貴方……」

知り合いではなかった。というよりも、私の知り合いにこんな格好の良い男性がいるわけがない。私は予想していた全てが覆され、驚きで胸が一杯だった。出来るなら感動で満たしたかったものだ。

「おい」

男はもう一度、私に呼び掛けた。先ほどと同じく、低い、男性特有の声だ。

私は、座っている私と目の前で立ち尽くしてる男とが目線が合うはずもなく、見上げている格好だ。男はどこかやつれているように見えた。頬はこけている。その顔はどこか覚えがあった。私だ。ちょっと前の、死に損ないの私だ。ガードの付いた剃刀で、自分で自分の薄い皮膚を切った私だ。男の「死にたい」という言葉を反芻する。本当に死にたいのだ、この目の前の色男は。

「貴方……」

絶望の臭いがする。暗闇の臭いだ。私の中の何かを、何か、を呼び起こす、ただの闇の臭いだ。

私は目を瞑った。見えてくる映像。高校一年の頃、逃げ込んだトイレの個室。駆けつけた友人の声、非難中傷した友人の顔、「もうやめちまえ」と言ったはずの男子生徒の姿。中学一年の頃、ぶつかった鞄の色、離れていった、ただ頼りだった友人の温もり、私が助けを求めた先生の顔色。薄く嘲笑った口元、左手に持った剃刀、顔中に溢れる汚れた涙、絶望だけを宿した心、私自身。

「嫌……っ!!」

私は目を見開いた。そこには私と視線を合わすように座っている男がいる。

此処は何処だ？　この男は誰？　私はどうして此処にいるの？　私はどうして選ばれたの？　それは……。

「同じ臭いがした。お前と俺、死に損ないの、同じ臭いがした」

男が口を開く。「死にたい」と言ったその口元。笑っていない至って真面目だ。私も顔を合わす。

「同じ臭い……？」

「そうだ」

男はそれだけを言うと立ち上がり、部屋を出ようとした。

「待って！」

「何だ」

「此処は何処？　日付は？　何時？」

「此処は神奈川の某所。日付は一日過ぎた。八月十一日だ。時刻はその時計にある。八時五十分だ」

「何のために誘拐したの？」

「俺と一緒に死ぬためだ」

それだけを言うと、男は何をするでもなく部屋を出て行った。出て行ったのを後ろ手に見届けて、私は死ぬことの意味を考えた。そして死に損なったあの日を思い出す。あの頃と同じ匂いがした？　生きようとしているこの私から――？

私は暫くその場で呆け、願った。そしてある答えを導く。あの男と一緒に死んでやる気はない。私は生きなくては。あの男が死のうとしているなら尚更。その生き様を誰かに伝えなくては。私には帰る場所があるのだ。それは天国なんかじゃない。地獄でもない。空でも地の底でもない。私の傍にあるものは死じゃない。生だ。生きるのだ。私は。私はもがくだけもがいて手錠が外れないか試した。だが家の中にあったおもちゃの手錠と同じく、専用の鍵でないとはずれそうにない。私は一旦諦めて、動きを全て封じる。

そして思う。

――お腹減った。

あれから十時間経った。よく十時間も耐えたと思う。部屋の唯一の窓から光が射す。それは私の人生と同じだ。これから先、私の人生は光溢れているはずだ。暗闇なんかじゃない。絶望でもない。

日付は八月十二日になった。そういえば今日はパソコンが家に戻ってくる日だ。デリートとされてしまったが、また新しい「チャンス」となって、パソコンが戻ってくるのだ。そのパソコンで私は小説を書いて、作詞して、生きる意味を知る。私は死ぬために生まれたんじゃない。生きるために、生きていくために生まれたのだ。人生とは歩いていくためにあるのだ。決してそこから邪推するためなんかじゃない。

あの男に言ってやりたい言葉がある。言わないと気が済まない。もう一度、男が現れるコトを願った。そしてその願いどおり、扉はまた、開かれた。

「おい」

「ねえ」

その言葉は同時だった。

「何だ」

「何で死にたいの？」

その言葉に男の顔が一瞬だけ曇った。だがすぐに顔を上げて、

「道連れついでに教えてやる」

と言った。

「――俺には恋人がいた。大切な恋人だ。その人は俺の全てだった。俺の生きる意味だった。その人が笑ってくれるなら、俺は何だってしてた。その人が傍にいてくれるなら、俺は何だって良かった。だが」

そこで一度言葉が途切れる。私は大方、予想が付いた。

「――死んだんだ。俺を庇って。飛んでいった帽子を拾おうとして道路に飛び出した俺を、その人は背中を押して、仰け反らせた。何事かとその方を向けば、その人はトラックに引かれて血塗れだった。――俺が殺したんだ。この手で、一番大切な人を、この手で、殺したんだ」

私はその場面を思った。痛い。大切な人が消えていく痛み。ドラマとは違うんだ。実際にこの

人は、大切な人を目の前で、失ったんだ。しかも自分のせいで。

「だから俺は死ぬ。お前を連れて。彼女のいない人生なんて、考えられない。だから」

分かる。その痛みが。大切な人を失う痛み。この胸が軋む痛み。何もできない歯がゆさ。大切な人を、自分のせいでむざむざ死なせて、そして、それでもまだ、生き長らえている自分。だけど。

「――それは違う。貴方は間違ってる」

断定できる。それは、違う。その答えは、間違ってる。

「その人が何のために死んでいったか考えて。貴方が生きていくためでしょう？　誰かに庇われた痛みは分かる。その人が大切な人だったなら尚更。残された貴方の気持ちが痛いほど分かる」

だから。だからこそ。

「生きて。貴方は生きて。貴方が生きて、果たすことがある。その人の、笑顔が素敵だったなら尚更、その笑顔を思い出せる貴方が生きるべきでしょう？」

「――っ、煩い!!」

「自分の為に生きて、自分の為だけに死ぬ。それが俺のプライド」

「人が生きる意味は何？　人が死んでいく意味は？　人と人とが出会う意味は？　歩いていく意味は？」

「――煩い」

「自分の為に生きて、自分の為だけに死ぬ。それが俺のプライド」

『最遊記』の言葉だ。誰かの為に死にたくない。残された誰かが哀しむから。究極の思いやりだ。

「貴方の彼女は貴方の為に死んだんじゃない。貴方を失いたくない自分の為に死んだんだよ」

「煩い……」

「これからはその人が守ってくれた自分の為に生きていけばいいじゃない！」

「煩い!!」

パチンッ。

頬を殴られた。口の中に鉄の味がする。慣れないその味に甘味を感じて、私は笑った。

「何を笑ってる？」

「これから死んだら、さぞかし痛いんだろうなって。私は生きているから。死ぬ為に生きているんじゃないから。痛みを感じる。痛覚がある。人の痛みだって分かる。貴方の痛みだって。私を殺そうとしている貴方の痛みだって、分かるんだよ」

「………」

「貴方は、独りかもしれない。でも大切な思い出がある。生きていく支えになる、思い出がある。

——所詮、それは綺麗事なのかもしれない。生きていたって、思い出が、たとえあったって、生きてくことは辛いだけかもしれない。死ぬ方が楽かもしれない。もしかしたら、それこそが、選択肢なのかもしれない。それは誰にも分からない。だけど、貴方が生きていく意味は、確かにあるんだよ」

人は、死ぬ為に生まれたんじゃない。もしかしたらこの人の人生は大切な人を失ったその瞬間に終わりを告げたのかもしれない。それでも死にたくない。むざむざと死んでなんてやるもんか。死ぬことが運命なんだとしたら、生きて、生きて、生きて、生きて。いつか、誰かに誇れる自分であるように生きて、生き抜かなくちゃならない。それが人が生きる意味だ。いつか死ぬ意味だ。

男が私に近づいてきた。私は後ろ手に縛られたまま身構える。その瞬間、男の持っていた布らしきものを鼻と口元に押し付けられた。そして私はあの時と同様、何も出来ないまま気を失った。


気づくと時刻は午前十時三十六分だった。あれから四時間経ったことになる。私は後ろ手に縛られている手の痛みに顔を顰《しか》め——なかった。痛みがなかった。どうしたものかと思うと、私はその場に横たわっていた。手錠も鉄アレイもなかった。私は手首に出来た擦り傷を摩りながら辺りを見渡す。あの男はいなかった。これは逃げ出せという意味か。ということはあの言葉が伝わったのだろうか。あの男がそれをすんなりと受け入れるとは到底思えなかったが。私は一応、ドアの奥に耳を澄ませた。何も聞こえない。外出しているのだろうか。私は思い切って扉を開けた。

そこには。

「——ッ!!」

死体が、あった。それはあの男のものだった。私は初めてこの眼に「死」というものを感じた。

躰が震える。

生きて。

生きる為に生まれたのだ。どんな理由があろうと。どんな人間だって。人を殺す人間だって、それを犯すまでの間、生きる権利があったのだ。殺される人間だって、殺されるまでの間、生きていく自由があったのだ。どんな理由だって。その最期がどんな結末だろうとも。どんな痛みを引きずろうとも。それが誰かの陰謀だとしても。生きていくことこそがイコール死んでくことでも。

生きて。

男の喉に深々と肉切り包丁が刺さっていた。躊躇い傷は一つもない。——そこに迷いはない。私の思ったとおりだった。この男は人の言葉をすんなりと受け入れるたまじゃない。

私は震える躰に反して男に近づいていった。数時間前まで生きていた男。数時間を共にした男。それだけの絆。

私は男の腕に触れた。もうそれは冷たかった。この男には体温すら残されてなかった。冷たい躰。生きていく意味。それは、大切な人が見つかってやっと、得られるモノなのだろう。だとしたらそれを、その大切なモノを失ったらどうすればいいのか。死んでいく意味はどうなのか。私はどうなのか。未だ大切な人さえ見つからないままで、私はどうして、どうやって生き長らえているのだろう。生きていく意味も、死んでいく意味もないままで、私はどうやって——。

私は男の顔を海馬に焼き付けると、その部屋を出た。玄関が目に入った。そこに私の靴と鞄が置いてある。私はソレを手に取ると、鞄の温かさに思わず身を捩《よじ》った。小窓があった。そこから日が差し込み、鞄が温められたのだろう。あの男になかった温もりが、此処にある。私はそれを肩にかけて走った。このアパートは二階建てだった。階段を駆け下りると最初に目に入ったケーキ屋に飛び込んだ。

「助けて！」

逃げる理由などもうとうにないのだが、この状況を分かってもらうにはその言葉が最適だと思った。私が必死な顔で訴えると、営業していた店が静まり返る。客はいなかった。店員が話し込んでいたのである。

「どうしたの？」

そして私は事の全てを話した。

聞き遂げた店員は急いで警察に電話した。私は店の奥に入れてもらい、

「お腹減ってるでしょう？　こんなものしかないけど……」

と店に並んでいたケーキを一つ出してもらった。それは私の一番好きなレアチーズケーキだった。私は、何故か、涙が止まらなかった。何度もしゃっくりして、何度も喘いだ。その度に、温度のないあの躰が思い出される。

――所詮、綺麗事なのかもしれない。生きていく意味も死んでいく意味もないのかもしれない。人は生きていくためにこの手を汚す。血に塗れて洗い流して知らぬ顔して、そしてまた血に塗れて。私は思い上がったことをしたのだろうか。大切な人を失った男の狂気を図り違ったのだろう

か。

痛みがある。その痛みが分かる。伝わってきた。この目にはっきりと分かった。だけど……。愛情とは何だろう。私は浅はかだったろうか。大事なモノを手放した男。そしてそれを追った男。私は間違っていただろうか。その答えが違っていたのだろうか。生きる意味も、死んでく意味も。思い出なんて頼りないものに縋って生きろなんて言えない。いっそ何もない方が強く生きていける。何も知らなければ良かった。何も見なければ良かった。この目に映る全てを否定できたら良かった。——それが、生きていくというコトだ。

耳を塞ぎたくても、目を瞑りたくても、この躰で拒絶したくても、どんな記憶を失くしたくても、私達は経験していく。知っていく。見ていく。感じてく。聞いていく。覚えていく。この躰に。色々なモノを刻み込んでいく。だから。

「私は……」

あの男の死を、温度のない体温を、刻み込んでいくんだ。拉致された事実を、飲み込んでいくんだ。やがて、ファン、ファン、ファン、ファンとけたたましい音が響いた。それが近くで止まる。頭の中でそれを理解した。そしてこの店に、女性店員に付き添われ、青い制服の男が私の元へと来る。

「お嬢ちゃん、大丈夫だったかい？　怖い思いさせちまったね」

本当に、怖いのは、これから、私が、生きていくという事実。いつか、死んでいくという事実。

「男」という括りの中にいる警官に、この気持ちが分かるだろうか。この痛みが分かるだろうか。

——ああ、そうか。

男は、分からせたかったのかもしれない。分かって欲しかったのかもしれない。その痛みを。躰に感じた無数の痛みを。誰かに伝えたかったのかもしれない。刻みたかったのかもしれない。端から私のことなど殺すつもりなんてなく、ただ、言いたかったのかもしれない。届けたかったのかもしれない。頭の中で理解した記憶達を、消せない事実を、痛い過去を、拭えない傷痕を、躰中の至るところに。刻み込まれたソレらを。ただ。ただ――。

「お嬢ちゃん、もう大丈夫だよ。怖いことは二度と起こらないから。大丈夫だから。安心して」

――ただ。

「理沙、大丈夫だったか!?」

「理沙ちゃん！　怪我ない？　痛いところは？」

それから、私は望んでいた「家」へと送ってもらい、無事に帰ることが出来た。傷痕も、怪我もなく、ただ、心に在る痛みを抱えて。消せない痛みを。消さないように。忘れないよに。痛みを。この、痛みを――。

「理沙、何度も電話したんだぞ」

そう言われて携帯を見ると、見慣れた家の電話番号が着信履歴に多数残されていた。

「鞄、監禁されていた部屋とは違うところに置いてあったから、気づかなかった」

早く寝たかった。今は八月十二日。午後二時九分だった。

「理沙、理沙の待ってたパソコンが帰ってきたから」

ああ、そうだ。今日はパソコンの帰ってくる日だった。待ち望んでいた、それ。でも今は。作詞も、小説も、日記も、書く気力が湧かなかった。

――私は暫くしてから部屋に戻ると、赤いお気に入りのベッドに躰を突っ伏した。此処から机が見える。パソコンはちゃんとコードも繋がれて、使えるようになっていた。

この、痛みを――。

「…………」

私はパソコンの前に行った。そして電源を入れる。設定していた壁紙とは違う、青い下地に地球の絵が浮かんだ。私はそこにワープロソフトがないことに気づく。いつもこの画面からダブルクリックしてワープロを使っていたのだ。そして私は思い出す。買ったばかりの頃、パソコンはしょっちゅう壊れて、その度に大和の電器店に行っていた。その時、「マイアプリケーション」からワープロが消えていて、高田さんが新たにインストールしてくれたのだ。だとすると、それも消えているはずである。インターネットを見てみると、それも繋がらなかった。私がそのことを告げにパパのいるリビングへと行くと、パパは少し苛立ったように電話をかける。

「あの、工事の大岡ですけど、高田さんは……?」

数分経って電話が切れると、パパは嬉しそうに、

「〝Microsoft office 2000〟って書かれた白黒の箱にワープロが入ってるから、それと本体とマウスとキーボードを持っていけば二、三十分で終わるってさ」

と言った。私はそんな箱あったかな、と説明書の入っているカラーボックスの棚を探すと、確かにそう書かれた薄い箱があった。私がそれを探している間に、パパは本体をコードから抜いてキーボードとマウスを運んでいた。

「高田君、今、座間店に異動になってるんだよ。大和店なくなったろ？　だから。店はトイザラスの近くで、そこまで着たらすぐに分かるって言ってたから、地図見なくてもいいだろ」

「うん」

私は帰って早々、疲れを取る間もなくパパの仕事用の車に乗り込んだ。其処には上にはハシゴが、後ろには席を取り払い、エアコンやパイプや毛布やらが置いてある。私は二人座れる広さの助手席に乗り込むとパパは「行くか」と言って走り出した。

二十分程かかって座間店に辿り着いた。一度迷いそうになったが何とか辿り着くことが出来た。パパがパソコンの本体達を車から降ろすと、エスカレーターで二回へ上がっていった。広い店内の真ん中に一箇所だけ作られたサービスカウンターに高田さんはいた。久しぶりだった。大和店にいた頃以来だから一年半ぶりか。

パパがパソコンを渡すと高田さんは「店内でも見ててください」と爽やかな笑顔で言った。そういえば、高田さんは私達の前で笑顔を絶やしたことがなかった。それが虚偽なのか真実かは分からない。でもその笑顔に癒されるのは分かった。

パパは「見るものないんだけどな」といいながら、前から狙っているＤＶＤデッキを見に行った。私もその後に着いていく。眠たかったが考えてみれば睡眠はしっかりと取っている。それでも眠たかったのは、心が疲れていたからだ。この疲れは、味わったことがある。大丈夫だ。私は言い聞かせてパパの後について回った。

それから二十分して様子を見に行くと、高田さんは忙しく動き回っていて、まだ終わる気配はなかった。私はミニコンポを見に行った。私のミニコンポはテープが壊れていてＭＤもなかった。

だからCDが完全にコピーコントロールCDになって以来、CDはレンタルできずにいた。私は最新式の浜崎さんがCMをしているパナソニックのミニコンポを見ていた。色も形も機能も申し分なかった。私の探している中では値段も安かった。パパがそれに気づいてこちらに来る。

「欲しいの？」

「別にそういうわけじゃないけど……」

「欲しかったら買っちゃいな。あっ、すみません、これ在庫ありますか？」

店員の人がパソコンで調べに行く。私は、パソコンはそういう使い方も出来るのかと感心していた。

「何色がいいの？」

「……これ」

「これなんですけど……あっ、この色だけ在庫がないんですか。分かりました。理沙、この色だけ在庫ないって。どうする？」

私は他のミニコンポも見て回る。ケンウッドのミニコンポが目に入った。

「これ、さっきのより高いけど十パーセントオフだし。買いたいなら買っちゃいな。この際だし、理沙も無事に戻ってきたお祝いに、でもいいし」

「うん」

あっ、そうか。私、誘拐されて殺されそうになってたんだ。何故かその事実をふと忘れていた。忘れたい記憶は、脳が壊れそうな程に痛い記憶は、自分を守る為に忘れていくのかもしれない。それも生きていく為か。でも私は、刻み込むと決めたから。忘れないで、この痛みを。この躰に、宿すと決めたから。一人の男の最期を看取ったのだ。愚痴を聞き、死ぬ理由を聞いて、看取ったのだ。私は、たとえ痛くてもこの脳味噌が忘れたいと願っても、この記憶だけは忘れぬようにしようと誓った。どれでもない、この心に。私自身に。この躰に。誓ったのだ。いつか分かち合うその人が現れるまで、この記憶を刻み込むのだ。体温を、温もりを、言葉を、温度を、死を、生を、全て。

「理沙、これならさっきのに似た色あるぞ」

パパが指差すソレは十パーセントオフになるそれだった。スピーカーが木になっていて本体はゴールドだ。確かに可愛い。色はシルバーもあったがそっちの方が気に入った。

「うん。これ可愛い」

「すみません、これください……って、あっ、高田君か。パソコン終わった？　まだ？　そう」

「ワープロはインストールできたんですけど、インターネットの方が……。電話回線ですよね。それだと電話代かかるし繋がるまで時間かかるし、大変じゃないですか？」

「いえ、ADSLですよ」

「えっ!?　……そうなんですか？　ちょっと担当の方に言ってきます」

そう言うと高田さんは走って行ってしまった。私はそれを見送ると、まだかかりそうだなと思った。そしてそれは当たってしまう。それから一時間経っても二時間経っても終わらなかった。パパと私は一階に行ってジュースを買って飲んだり、煙草を吸ったり、二階に戻って商品用のテレビに映っている浜崎あゆみさんのライブ映像を見たりして時間を潰した。

やがてサービスセンターに私のパソコンが運ばれ、パソコンの詳しかった者が更に詳しい人を呼んで解明に当たった。本体の蓋が外され、中が明らかになる。簡単に外せるものなんだな、と感心しながらそれを見る。ビスもネジもない。ただバカッと外される。黒い小さな扇風機みたいなものが、電源を入れた途端に回りだす。ファンか。更に詳しい担当の人が何かを外したり付けたりしていた。そしてお店で用意してくれたモニターにインターネット画面が映し出される。「お願いだからもう壊さないで」という思いで見ていた私には、それが嬉しかった。更に詳しい担当の人は、笑いながら原因を説明していたが、私にはよく分からなかった。私に分からなかったということはパパには更に分からなかっただろう。一応「うん、うん」と頷いていたが、理解できてないのが私には分かった。

まぁ、とにかく直ったのだ。これで万全。小説も詞も日記も書ける。メル友のサイトにも行ける。また「お気に入り」登録を増やして「マイ・ドキュメント」も増やして、自己満足を沢山しよう。あの男、喉をかっ裂いて死んだあの男のことを忘れぬよう、この夏に感じた思いの一つとして受け入れて、小説にしよう。私は、パパが高田さんとさっきのミニコンポの件で話を進めていたことにまるで気づかず、一人感傷に浸っていた。

帰り道、パソコンとミニコンポの入った箱を台車で運んでいる高田さんを一人の男の人が呼ぶのを見た。高田さんは嬉しそうに、まるで尻尾を振る犬のように駆け寄っていく。私は気になって二人の後を追うと、二人は人気のないお店の裏の奥に行き、抱き合って濃厚なキスをしていた。

——嘘。というか、おい。

「……ゲイだったのか……」

結構気に入ってたのに、高田さんのこと……ショック。ていうかショック。何はさておきショック。妄想では見ていたが、本物の「ゲイ」は初めて見た。横浜駅周辺で、手を繋いで仲良さそうに歩く男性二人組みは見たことがあったが。

――私はこれも、この夏の思い出として受け入れることにして、パパに呼ばれるまま車に乗り込み家に帰った。


家に着くと早速、パパがパソコンとミニコンポをセットしてくれた。試しにパソコンの電源を入れると、ワープロもあるしインターネットもちゃんと繋げた。だけど、インターネットの「お気に入り」の欄には基本のものしかない。ワープロはまっさらだ。

取り敢えず、私は壁紙をいつも使っていた青空に白い雲模様に切り替えて電源を消した。次はミニコンポだ。今まで使っていたミニコンポがいかに大きかったかが分かる。新しいミニコンポはスペースを持て余してスッポリと其処に収まっていた。前のより小さな説明書を読み、基本的な事を理解する。ＭＤにはタイトルをつけられるのか。テープみたいに巻き戻し早送りじゃなくＣＤみたいに一曲一曲選べるのか。それは楽だ。今度のはリモコンが少し大きかった。前のリモコンは黒かったから、ベッドサイドの小さなテーブルの上でテレビのリモコン君といい感じだったのだが、今度のは灰色で少し浮いていた。それも数日すれば慣れるだろう。

今度のミニコンポは時間が表示されない。ボタンを押すと七秒間だけ表示されるらしい。それもまぁ、数日すれば慣れるだろう、多分。パパも「この色いいねぇ」と気に入っている。今まで使っていたミニコンポは、取り敢えず私の部屋に置いておくことになった。ただでさえ狭い部屋が更に狭くなる。でもまぁ、今まで壊れていたせいで聞けなかったテープも聞けるし、ＣＤをレンタルしてＭＤに録れるし、そのＭＤはＣＤみたいに扱えるし、いいことの方が多い。

私はそう思ってビデオデッキの時計を見た。午後六時九分だった。そういえば丸二日、何も食べていないことを思い出す。途端に躰は正直でグーッとたいそうな音で空腹を表した。

リビングに行くとママが夕ご飯を作っている。平日である今日、家にいるということは私のことが心配で仕事を休んだから、らしかった。私はそれが嬉しく、この思いも忘れていかないようにと留めることにする。そして戻ってきたパソコンに、信の言っていた新たな「チャンス」という希望を夢見て、夕ご飯を待った。

Delusions Part 7

私の名前はリエ。それで通っている。今は先生の下でアシスタントをしている。

私の先生は、不思議な人だと思う。

飄々としていて掴み所がないかと思えば、私のように、ただの普通の人間なんだと思い知らされることもある。

例えばこんなこと。

先生は、遊びに来ていた悠子先生と再放送の「踊る大走査線犯罪撲滅スペシャル」を見ていた。リビングに置いてある比較的大きな画面でキャーキャー言っている。柳葉さんの室井管理官役のあの眉間の皺が堪らないとか、大塚寧々のあの躰が堪らないとか、である。先生はどこか欠陥のある人を好むと私は思っている。それは性格とか外見とか考え方だとか目つきとか、そんなのである。いつか、先生にそのことを尋ねた。

「先生って欠陥のある人が好きなんですね」

「そうね。守ってもらいたいって思ってるけど、守ってあげたいとも思ってんのかもね」

「『奔放記』に出てくる人って皆、欠陥がありますよね」

「ちょっ、俺、欠陥ある？」

「顔の傷」

「言われてやんの海良」

「そうね。私が欠陥だらけだから」

そんな会話だったと思う。「私が欠陥だらけだから」その言葉の真意は定かではないが、私はそんな先生を決して嫌だとは思っていない。むしろ興味を引かれる。あの生き様や言葉や全てに。

私は再び二人を見た。出番の少ない室井管理官が出てくる度に、「あそこがいいよね」「いや、あっちでしょ」などと言い合っている。織田裕二には興味がないらしい。先生曰く、「室井管理官はあの不器用さが堪らない」のだと言う。それは欠陥のある性格が好きだということだ。何処かが崩れ落ちている人を好きになるのは守ってあげたいと思うからか。それともそんな所を許したい、認めたい、肯定してあげたいと思っているからなのか。先生が祐樹さんのことを好きになったのも、そんな気持ち故なのか。

祐樹さんをチラッと見やると、そんな先生の態度にこめかみ辺りに嫌なものを作っている。多分先生はそれに気づいているが、先生が自分の好きなモノを譲る性格とも思えない。のでそんな祐樹をほっといているのだろう。私は祐樹さんを宥めながら――それをする度に機嫌はどんどん悪くなっていくのだが――先生の観察をやめなかった。だったら私はどうだろう。何故故この場に置いているのだろう。私の何処かに欠陥でも見出したのだろうか。多分、そんなことを聞いても軽くはぐらかされるので私は敢えて聞かない。

「私がルール。規則を破った奴は即クビ。だけどね、リエちゃん、規則は破るためにあるのよ」

「えっ、それはどういう……」

先生はニッと笑う。

「人を殺しちゃいけないなんて、一体誰が決めたの？　殺されて然るべき奴だって沢山いるのに」

テレビの中で室井管理官は正義の為に偉くなることを誓っている。先生もこの中で一番高い地位だ。そして祐樹さんも僧の中で一番高い地位にある。

「私は私の為に生きてるし？　誰かに頭へこへこ下げて生きるのは嫌。ソレが『先生』って地位で得られるのなら私はずっとこの地位にいたいと思う。だからリエちゃん、貴女も私に頭へこへこ下げて生きるのが嫌なら、技術磨いて絵巧くなって『先生』になりなさい。そして下についてる奴にこう言ってあげな。『自分の為に生きろ』と」

私はその時「はい」と答えた。だがそれをうまく呑み込めずにいた。悠子先生がこう呟いている。

「あーあ、ゆうやの下に戻りたいなぁ」

「あのねぇ、そんなに下にいたいんならくたばっちまいな。あんたは『先生』でしょうが。あんたを待ってる人がいる。それを思えば必然的に手が動くでしょ」

私も先生の下にいたいと思う。それを言ったら同じ事を言われるだろうか。多分、――言われる。先生はそういう人だ。偉ぶらず、でも決して落ちぶれず人に媚びない。一人で生きていく強さがある。悠子先生にも三郎先生にも清也先生にも先生はそれを説き、教え、授けてきた。そして私にも。

私の先生は不思議な人だと思う。だが決してその真意が曇っているわけではない。私はもう一

度先生を見た。真剣にテレビを見やっている先生に少し溜め息を吐き、

「ネーム終わったんですか?」

と聞く。すると先生は言った。

「うーん……まだ」

「……先生……」

テレビ見ている場合ですか。でも先生は好きなものは決して譲らない。元々、物に希薄だが好きなものはとことん好きな性格だ。私はもう一度溜め息を吐くと、こう言った。

「そんな怠けてるなら私が先生の代わりに『先生』やりますよ」

「えっ!?」

Delusions End

10

夕ご飯を食べ終わると、いつもの日課でパソコンに電源を入れ、四錠の薬を取り出し、台所に飲みに行く。戻ってきてパソコンの電源が無事に付いていることを確認すると、久方ぶりのネット巡りを楽しんだ。

メールが七月二十七日から溜まっていた。二四〇通が一気に流れてくる。それを見て私は思い出した。そういえば私は大村さんに五編の短編小説と『鳥と僕』『森と僕』『牢獄と僕』を送ったことを思い出した。あれを送り返してもらえば元通りになる。日記と作詞と『今宵、月の下に』は消えてしまったがあの五編の短編小説があれば、出版社に問い合わせることが出来る。

私は早速、大村さんにメールを送ると電源を落とした。返事が来るのは明日か明後日かそれ以降か。私は返事に期待し、それを思ってはにやけ、二日ぶりにシャワーを浴びた。

汗が勢いよく流れていく。少し——少しか？——出っ張ったお腹と太い腕と足、小さな胸が気になるが、久しぶりのシャワーがいかに大事か知る。あの男は二度とシャワーを浴びることはない。恋人と一緒に入ったことのあるお風呂の映像を思い浮かべながら死んでいったのか。

——私は死なない。決めた。私は死なない。流れていくのは血じゃない。この躰に伝わる温かい水だ。とても温かい。私はいつか出会う素敵な人と生きて、生きて、生きて、生きていく。その為に私も変わっていく。新たな気持ちで小説を書いて、認めてもらって、出版して、印税が入って、家族達を楽にして、その笑顔を糧にまた生きて、生きて、生きて、生き抜く。この世界で。たった一つのこの世界で。私は生きていくんだ。いつか消えていく、死んで行く、その日まで。

花びら

いつか離れてく僕等がどうして出会ったかなんて
そんなの僕等が僕等を必要としているからさ
有り触れた言葉しか言えないけれど

●どんなに遠く離れても絆にも似たこの感情が
また呼び寄せてくれる

もっと色んなコトにも挑戦してみたいんだ
僕等が僕等として生きるその間に色んなコト
死んでいく痛みにも優しさ重ね

●いつかはきっとあの花のよに花びら散らし死んでいくんだ
それでも生きていくの

見えない何かに僕等を夢見て

●いつかはきっとあの花のよに花びら散らし死んでいくんだ
それでも生きていくの

「おはよう」

夢の中でそんな声が聞こえた。それはどこか優しく、慈しむような、そんな声だった。私の全てを知っているのだろうか。だからそんな声が出せるのだろうか。私はその声がした方に振り向くと、おぼろげながら形が見えた。どうやら男性のようだった。私がそれに近づいていこうとすると、その形は怯えるように遠ざかっていく。

「大丈夫だから」

私はどこか自分も慰めているような声で形を諭す。私も怯えているのだろうか。だがこの躰は震えてもいないし涙も出ていない。それよりこの心はどこか、はつらつとしている。嬉しいのだ。嬉しすぎて言葉にならないのだ。ドキドキしている。

こんな感覚は初めてだった。心の奥が、表面が、薄っぺらな皮が、熱くなっていく、そんな感覚。私はそれを未だ感じたことがない。だから最初、この胸の高鳴りに違和感を覚えて、形から遠ざかろうとした。すると形は遠ざかるのをやめ、私の方へ一歩ずつ一歩ずつ歩いてくる。

その形がだんだんと見えてくるようになり、私は目を細めた。二十代くらいの男性だった。始終笑っている。高田さんのような人だと思った。そして同時に誰にもない感覚を持っているような人だとも思った。私は見えてくる形に触れようとして手を伸ばす。すると形も右手を伸ばして私の手に触れた。私より大きく熱いそれ。半袖から剥き出しになった腕に傷があるのが分かった。多分、火傷の傷痕だろうと私は思う。決して小さくはなかった。火事かなんかで負ったものだろうか。私がその理由を聞こうとすると形は次第に光を増し、やがてその光に飲み込まれていった。そして私もそこで意識を取り戻す。

目覚めると、定位置の赤いベッドの上だった。ちゃんと布団も掛けられているし、あれが夢だったのだと知る。私はそれでも確かに残る温もりに思わず左手を摩った。温かかった。そしてあれが無声夢だったことを思い出す。無声夢は予知夢になりやすいとどこかでチラッと聞いた覚えがあった。だとしたら、あれが現実になるのだろうか。私は密かに期待し、未だ胸が高鳴っていることに気がつく。夢じゃなかったら私のこの心の動きは多分恋と呼ばれるものだろう。私は未だしたことがなかったから断定は出来ないが、多分そうだろうと思った。そしてそうであって欲しいとも思った。

眼鏡をかけ、ビデオデッキの時計に目をやる。午前十一時八分だった。今日はゆっくり眠れたらしい。私は上半身だけ起き上がり、大きく欠伸と伸びをする。こんな仕草も久しぶりだった。パパとママはもう出かけているだろう。私はベッドから起き上がりマイコップと四錠の薬を持って台所まで行くと、そこでテレビを見ているママに会った。

「まだ仕事じゃないの？」

「今日雨だから、多分中止」

外を見ると成る程、確かに大雨だった。そういえば起きた時もいつもより部屋が暗かったことを思い出す。ブラインドを閉めているが、それでも漏れてくる光を完全に遮断することは出来ない。ママには悪いが、「良かった。嬉しい」と思った。一人でいるより二人でいる方が楽しいし、気持ちも楽で落ち着く。

雨は、それから四日間降り続けた。その間ママはずっとお休みだったから、「四日間連休なんて初めてだ」「そうだね」という短い会話を何度したことか。その間、二人でホームセンターに行ったり図書館に行ったりして時間を潰した。だがママはすることもなく、戸惑い呆けたらしい。台所やトイレ、洗面所などをいつもより念入りに掃除していた。

空がいつものように元気一杯に晴れ渡ったのは、日曜になってからのことだった。八月十七日だ。ママは午前九時に出て、パパは午前八時三十分に出た。高也はまだ起きてこないし、私はまた一人の時間を持て余した。私は仕方なくパソコンの電源を入れてメールをチェックすることにした。溜まっていたメールが途端に溢れ出す。私はその一つ一つの件名をチェックし、その中で興味深いものを発見した。

「Re:お願いがあるのですが……」

それは確かに私が送ったメールの件名だった。ということは出版社だ。ヤッタ。私は飛び跳ね喜んだ。そしてそれを早速チェックする。

「メール拝見しました。是非小説をお送りください」

という簡素なメール本文だった。私は大村さんから送ってもらった五編の短編小説を、その出版社に送った。これで返事が来れば儲けもんだ。私は高鳴る胸を抑えられずにベッドに突っ伏した。嬉しい。今日は一人だけど、これで独りじゃない。私はもう一度メールを見る。と、気になる件名がもう一つあった。

「大岡理沙さんへ」

宛先は「??」になっている。私はウイルスメールかと警戒したが、数分考えて開けることにした。

「こんにちは。僕は貴女のパソコンの修理に携わった者です。貴女のハードウェアはスマート機能のエラーで再セットアップが出来ず壊れていましたが、奇跡的にワープロの中の『今宵、月の下に』と『日記』だけが残されていました。失礼かとも思いましたが、それを読ませて頂きました。実に感慨深い作品と貴女の心情が綴ってある日記でした。僕は是非この作品を書いた貴女に会いたいと思います。このメールの宛先は『日記』の中に書かれていました。僕の勝手なお願いですが、貴女にもしその気がありましたらば宜しくお願いいたします」

という内容だった。私はそれを読んで唖然とした。消えたと思われていたデータが残っていた。

しかも一番残したかった、書きかけの『今宵、月の下に』が。そして私の半生を綴ったようなものの「日記」まで。

私はまた一つ嬉しさが零れた。そしてそれを読み、感想をくれたこの人に会ってみたいと思った。私の全てを知っている。私の痛みや、傷痕や、辛さや、苦しさなどが、全て書いてあるあの日記を読み、尚、それでも、会いたいと言ってくれた。私は独りじゃないんだ。こうやって分かってくれる、分かち合える人がいるんだ。この痛みを。この拭いきれない痛みを。分かってくれる人がいる。押し隠したまま接する両親や、空回りなほど明るく接する友人でもない。ただ、ありのままの私を分かってくれる、そんな人。

「……いたんだ、そんな人」

でも。会ったら幻滅されるだろうな。こんな顔と躰じゃ。私はベッドに戻り数回腹筋をした。それで何が変わるわけでもないが気分の問題だ。腹筋なら得意だった。五〇回ぐらいは楽にいける。数回それをやって、もう一度そのメールを読み返す。夢じゃない。真実だ。事実だ。消えようのない、紛れもない、現実だ。頬をつねって痛いと感じる痛覚がある。これは夢じゃない。私は飛び跳ねた。そして徐に一〇〇円均一で買った眉毛用のはさみを取り出し、人生初めての整えをした。

それから、私はその名前も知れない相手にメールを送り返し数日後の二十一日、会うことになった。メールで住所を送ると、その相手は迎えに来てくれるらしい。私は最高の服を着て、その日を待った。そして二十一日、午後一時。待っていたチャイムが鳴った。途端にシルキーがキャンキャンと鳴く。私が出て行こうとするものだから尚更だ。私は「はいはい」と宥めながら玄関に出た。

このドア一枚隔てたところにその相手がいる。どんな人だろう。髪は長いか、色は白いか。それは相手も私に対して思っていることだろう。私は背は小さいし、太っているし、いいところなど一つもないが、それをメールで送ると相手は「それが貴女なんだからいいじゃない」と言ってくれた。私は玄関で「はぁ」と大きく息をすると、思い切ってドアを開けた。

あっ。

それは、其処にいたのは、信でもなく、あの男でもなく、紛れもない「相手」だった。そして私は同時にあの夢を思い出す。無声夢だ。予知無になりやすいと言われているあの無声夢を思い出した。あの「形」に似ている。どこか儚くて、おぼろげで、それでも大きく、温かくって。

私は咄嗟に右腕を見た。半袖から剥き出しているその腕には深々と火傷の傷痕があった。

「貴方……」

そして相手も私を見て驚いているようだった。

「君……」

互いを見やった二人は、驚きで声が出なかった。「何処かで会ったことがある」相手はそんな顔をしていた。そして最初に口を開いたのは彼だった。

「君、僕の夢の中に出てきたことがあるよ。たった一度だったけど」

えっ？

私は耳を疑った。こんな現実があってもいいのか。私はすぐさま「私もです」と言うと、その相手はどこか嬉しそうに「そっか」と言った。その声が温かかったのに、私はまた驚き、嬉しかった。私は硬直している躰を何とか動かすと、こんな現実もあるものなんだなぁと感慨深げに考える。これは、決して私のdelusionsじゃない。現実だ。これは、紛れもない、真実であり、事実だ。

「何て呼んだらいいかな」

と相手が尋ねるので私は、「理沙と呼んでください」と言った。すると相手はすぐさま「じゃあ理沙、どこ行きたい？」と聞いてくる。私は自分で言ったこととはいえ、呼び捨てで呼ばれると思わず驚いた。だがそれもすぐ慣れることだろう。

私は行ったことのない「海に行きたいです」と答えた。行ったことがなかったのは水着を着られる体型ではなかったからだ。どこかコンプレックスに思っていた。それを今日、晴らそうと思う。

相手は車で来ていた。車に乗り込むと、相手は余計に大きく見えた。信と同じくらいだろうか。信は一七七センチだ。私が身長を尋ねると、「一八一センチだよ」と言った。デカイ。こんな大きな人と二人きりなんて初めてだった。しかも行き先が海なんて、デートみたいじゃないか。

「なんか、デートみたいだね」

相手がそう言うものだから、私は更に顔が赤くなる。考えが読まれているのだろうか。私の日記や作品を読んだのだから、私の行動パターンが読まれていてもおかしくはない。

「そういえば」

「そういえば」

二人の声は同時だった。だが、それを譲るのは相手が早かった。

「どうしたの？」

「あの……名前と年を伺ってもいいですか？」

「あれ、言ってなかったっけ、僕は冴先《さえさき》涼《りょう》だよ。年は二十六歳」

二十六歳。九つ差って犯罪か……？

「九つ差って犯罪なのかなぁ」

また読まれてる。私はそんな横顔を見た。綺麗な人だった。何もかもが綺麗な人だった。私にないものを持っている。そんな雰囲気がした。魂まで、心まで、綺麗な気がした。こんな人、初めて見た。そして夢の中の出来事を思い出す。右腕の火傷。大きな躰。温かい手の平。同じ夢を見たのだろうか。とすると、私はどんな風に映ったのだろうか。心の傷痕、小さな躰、冷たい手。

私は途端にあの男を思い出した。自殺する前に出会った女性。その人とどんな付き合い方をしてきたのだろうか。傷痕になる思い出じゃない。澄んでいて、聡明で、そんな思い出だったに違いない。だからこそ、悩み、苦しみ、悶絶し、そしてあの最期を選んだのだ。私は胸の辺りの洋服をグッと掴んだ。それを見て涼さんは「どうしたの？」と聞いてくる。

「私は……」

私は、ありのままをぶちまけた。海はもうすぐだった。高校一年の頃のこと、中学一年の頃のこと、通信に通っていること、そしあの事件のこと、大概は涼は知っているはずだった。私のあの「日記」を読んでいるから。それでも涼は私の一つ一つを受け入れるように、それを最後まで聞いてくれた。嫌な顔一つせず、むしろ慈しむような、優しい表情で。私はそれをまるで懺悔だと思った。神に告発する懺悔だと、思った。そして癒される何かがあるから。感じる痛みがあるから。

抱えきれない傷痕を、皆抱えているのだろうか。

夏祭りで友人に会ったあの日、抱えた疑問がまた湧いた。私らしさとはどんなものだろう。私は変わっていっている。そして変わっていっていない。自由だけど自由じゃない。何も持ってないけど縛られている。私はずっと掴めない疑問を涼にぶつけた。すると涼は微笑いながら頭を撫でてくれた。その体温が、温かい。温もりが、此処にある。

――いずれ。

いずれ、それがなくなるのだとしても、あの男のように。それでも温もりを求めずにはいられない。此処に生きる自分がたとえいつか死んでいくのだとしても、それでも何かを掴まずにはいられない。弱い生き物なのだ。人間というものは。感情があり、それ故に、傷付き、哀しみ、悶え、打つ。だからこそ、強く生きていける。人間というものは。あの日、猫になりたかった。犬になりたかった。鳩になりたかった。でも私は。それでも自分を棄てることが出来ない。それは。未だ自分に夢を抱いているから。希望を、掲げているから。生きていく、強さを、未だ、欲しているから。

「僕はね、こう思うよ。理沙は優しいんだ。自分にも相手にも。だから傷付きやすく、脆い。でもね、その優しさを忘れないでね。人は変わる為に生きるのだけど、変わる為には変わらないモノが必要なんだ。それを、忘れないでね」

私は涙が溢れた。この日、懺悔を繰り返す私を涼はただ傍で聞いてくれる。あの日、感じた痛みを、たったの数時間で癒してくれる。心のどうにもならぬ傷痕を、癒してくれる。舐めてくれる。温かい体温があることを教えてくれる。この世界にはまだ、棄てきれない愛があるのだと教えてくれる。それがこんなにも身近にあるということを。私のすぐ傍で、光っているのだということを。涼の髪を撫でる仕草が温かく、私は次第に眼を閉じた。それを涼は「おやすみなさい」と笑ってくれる。温かかった。そして心地よかった。そして感じる何かがあると、確かに思った。

――海に着くと、人が一杯だった。水着を着ている人、パラソルの下で休んでいる人達、ナンパしている人、ナンパされている人、笑っている人、水の冷たさに顔を顰めている人、このうだるような暑さに悶えている人、寝てる人、ビーチバレーをしている人、とにかく大勢だった。

私はその中の一人になろうと海の近くまで行った。その隣を涼が歩いてくれる。信の時と同様、恋人同士に見られるだろうか。嫌な気はしなかった。その優しい眼で見つめられると、優しい痛みがこの躰を支配した。私も同じく涼を支配しているだろうか。そう思うとキリキリと胸が痛んだ。初めてだった。こんなに切なく、苦しく、でも優しかった痛みは。

私が海の近くまで行くと、海の小さな波が足元を撫でる。靴越しの感覚に思わず笑った。それを見て涼が、「理沙は笑うと綺麗だね」なんて言うものだから、私は思わず眉根を顰めて――笑った。

「涼も綺麗だよ」と言うと、涼は嬉しそうにまた笑ってくれる。それがまた嬉しくて、ついつい見惚れてしまう。――これが、恋なのだろうか。

私は恋とは痛いものだと、ずっと思っていた。それはテレビだったり、小説だったり、漫画だったりの情報だ。――確かに痛かった。でもそれは甘噛みされているような痛さだった。我慢するものとかじゃなく、優しい、痛みだった。自分を変えてくれそうな、変わっていけそうな、そんな痛みだった。delusionsで彼女達に与えた痛みもこんな痛みだったのだろうか。やがて失うかもしれない。でも失うのは必然だ。死ぬのだって。生まれたら必ず死ぬ。だから大事なのは失うまでに、死ぬまでに、枯れてしまうまでに、何を残せるか、だ。何をその大切な人に与えていけるか、だ。死んでいく意味。生きていく意味。

「理沙、今何を考えてるの？」

私が考えていたことを話すと涼は、笑って、

「生きていく意味は、自分が大切だと思える人に出会う為。そう思える誰かがいたら、自分も嬉しいし、産んでくれた親だって喜んでくれる。自分の為に生きていくことが、誰かの為になる。死んでいく意味は、その生きていたことの儚さを尊さに変える為。自分を産んでくれた親に、大切な人に、そして自分自身に、自分とはこんなにも尊いものなのだと、知らせる為、だよ」

と言った。

長年の疑問をいともあっさりと答えた涼に、私ははにかんだ。私が求めていた人。それはこの答えを与えてくれる人だ。

「じゃあ私らしさってどんなだろう」

「それは隣にいてくれる人が与えてくれるよ。生きる意味と共に」

それを与えてくれるのは涼だろうか。

「僕だったらいいなぁ」

そんな声が波越しに聞こえた。あまりに小さな声だったから、波にかき消されてしまうところだった。

「えっ？」

振り向いて、また驚く。耳まで真っ赤にして、大人なのにどこか少年のような、私より若いんじゃないだろうか、そう思えるような、そんな笑顔を涼は浮かべていた。

「僕だったらいいなぁ」

それって、ソレだよね。

――私は思わず耳を真っ赤にして脳天がズキッとした。これも優しい痛みかと思っていたら、涼が慌てて私の腕と腰を掴むから慌てた。そしてその後すぐに――。


気づくと車の中だった。

「大丈夫？」

声のした方に顔を巡らすと、自分の顔の上にあることに驚く。私は助手席を倒して寝かされていた。

「突然倒れたんだよ。軽い日射病か熱射病だね。気をつけないと」

そう言いながら、何処かで買ってきたのだろう冷えピタをおでこに貼ってくれた。

「ありがとう……ごめんなさい」

「いいよ。この暑さだもの。倒れても仕方ないよ」

そう笑いながら涼は答えるから、私はそれに甘えることにした。車の中で二人きり。心臓が破裂するんじゃなかろうかと思うほどドキドキした。耳の奥で、血管の中の血が流れていくのが分かる。私は紛らわすように冷えピタに手を当てた。冷たい。そして心地よい。この心臓の軋みも同様、心地よかった。

「理沙、さっき僕が言ったこと聞こえた？」

さっき？　それは倒れる前だ。色々な事を説いてもらったが一番最後の記憶は……。

私は顔が赤くなった。それを見て涼は小声で「聞こえてたかぁ」と漏らす。涼を見ると耳まで真っ赤だった。

「涼……」

「理沙、ごめんね、空気壊して」

「そんなことないよ！　私……嬉しかった。そう言ってもらえて。だって私も」

だって私も。

「同じ……」

同じ。

「気持ちだから」

目を瞑っていたから涼の表情は分からなかった。だが一つ分かったのは、暑い気温の中で更に熱い体温が唇に触れたということ。私はすぐさま眼を開けて、飛び起きた。

「駄目だよ。まだ寝てないと。日射病は侮れないからね」

「それより今……」

「今？　ああ、うん」

涼を見ると耳まで真っ赤だった。それを見たなら反論なんて出来るわけがない。私は涼の言うとおり横になって、でも涼の顔はずっと見ていた。二十六歳にしては若い風貌。私より若いんじゃなかろうかと思えるほどの満面の笑み。私の探していたものはこれだろうか。――これだ。私は確信して涼の風貌を見渡す。私より細い。残念なのか喜ぶべきことなのか――色も白い。これは、屋内で作業しているからだろう。信も色は白かった。整った顔。綺麗な横顔。赤い両耳。心地よかった。その全てが「在るべきモノ」のような気がして。とても心地よかった。では「在るべきモノ」は「在るべき場所」へ帰らなければならない。ソレは何処か。私も「在るべきモノ」なら何処へ帰るのか。

「僕じゃ駄目？」

どこか見越したような顔でそう涼は言うから、私は思わず「いいです」と答えた。それを聞いて涼は、本当に嬉しそうな顔をして微笑む。私もそれを見て、涼から見たら本当に嬉しそうな顔をして笑った。


それから午後六時頃まで一緒に車の中にいて、帰った。帰りも涼は、私の家まで送ってくれた。

「また会おうね」

車を降りる際、涼がそう言うから、私は「それは私の台詞だよ」と言ってやった。すると涼の顔はみるみる間に赤くなる。それが心地よくって、私は思わず「またね」と手を振った。家に着いてもその余韻は冷めることなく、私は久方ぶりに思い出し笑いをした。

するると携帯が突然鳴り出し、慌てて取りに行くと、それは信からだった。

「久しぶり。どう最近」

「いい感じ。とくに今日。見つかったよ。私が探していた人と答えが」

「良かったジャン。応援するよ。決めていたからね。でも少し妬けるなぁ、その男。どういう人？」

「いい人。綺麗で聡明で信とは大反対（笑）」

「おいおい（笑）」

「親にも胸を張って紹介できるような人」

「俺じゃ紹介できないのかよ!!」

「まあね（笑）」

「どういう意味だよ（笑）まっ、いいけど？　理沙が選んだ人なら反対しないよ、俺は」

そのメールに私は少しだけ酔う。

「――ありがと」

「生涯の友達だからな、俺は。理沙に世界で一番愛されてる友達だから、俺は。悔いはないよ」

「うん」

「だから今度は世界で一番愛する恋人に酔いなよ」

「――アリガト」

「どういたしまして」

「じゃあね」

「おう。またな」

　またな。その言葉に私は笑みをもらし、このやりとりを削除せず取っておくことにした。私にとって、生涯の友達である信に、今日のことを伝えられて良かった。これは、その記念だ。

「理沙、ご飯よ」

「うん」

　ドア越しにママの呼ぶ声がしたから、慌てて着替えてマイコップと「油どっかん」を持ってリビングに行く。そしていつも通りご飯を食べると、今日はその余韻に酔って眠ることにした。

「アリガト」

　その言葉に秘めた思いは、私だけに留めておこう。ありがとう、信。生涯の友達になってくれて。私と信は一生友達。それは私が死んだ時、信は私の葬式に出てくれるということ。信が死んだ時、私が信の葬式に出てあげるということ。生きている間、何らかの相談をし、一緒に悩み、笑う事。絶やすことないそれを、繰り返すということ。忘れない、決して。それだけは、忘れずにいたい。そして私は夕飯の後、作詞をすることに決めた。タイトルは「救い」。

salvation

何も聞こえない孤独の中にいた僕を
君はその温かい手で救ってくれた

何も見えてこないこの眼も君は綺麗だと
心から大きな声で笑ってくれる
だからこの眼もこの躰も少し自慢なんだ

●君の流れる優しい金の瞳も
いつか何も見出せなくなるかもしれない
けれど知ってて　僕等はかけがえのない
ものを愛をこの躰に宿らせたことを

きっと今まで僕等は何も知らないで
温かい人を誰かを傷付けていた
大切なものさえ見出せないこの躰で
失いたくないモノを守っていたの
だけど君はそれを少し違うと笑ったね

●「いつか消えてく僕等だから知るものが
此処にあるの　だから君は生きてるだけで
誰か傷付けてしまうかもしれないね
だけどそして気づく意味が君にはあるよ」

どうして僕等は死んでいくんだろう
　どうして僕等は誰かを愛するのだろう

●君の流れる優しい金の瞳も
いつか何も見出せなくなるかもしれない
けれど知ってて　僕等はかけがえのない
ものを愛をこの躰に宿らせることを

その日、もう一通のメールが来た。それは大分に住むメル友のリオからだった。

「件名　マジで。東京方面で就職するかも～。盲導犬協会か警察犬訓練所で」

「ホントに!?　じゃあ就職したら会えるね。リオの選んだ道に光があることを祈ってるよ」

「うぃーす。ゆうやも頑張れよ～。お互い色々大変だけど、やるときゃやるべー」

「うん、そうだね。私も今小説執筆してるよ。出来たら出版社の人に見てもらおうと思ってる」

「マジで!?　凄いなぁ。ゆうやは次へ向かってるね。それも一つの夢だ。頑張ろうぜ」

「うん」

「じゃっ、おやすみー」

「おやすみ、リオ」

頑張っている人達がいる。私も負けじと頑張らないと。抜きつ抜かれつを繰り返して成長していくんだ。私達は。弱くて脆くて拙い私達はそうやって足掻いて生きていく。これでいいんだ。そして見つけ出せた答えを糧に、これからも、強く、強く。

それから、レポートがだんだんと帰ってきた。あの美術の衝撃的な絵は見事に再提出だった。あと理科の一通目と五通目も、「埋まっていないところがある」と再提出。日本史も研究課題で「遺跡、または歴史、民族に関する博物館を訪れ、訪問した場所、施設、自分の見たことなどを具体的に記述し、それらについて感想を述べよ」というものが、「三分の二は埋めなさい」ということで再提出だった。

私はそれらを片付けて、時間のある時は涼とデートをして、他愛ない話をして思い出を作る。そして九月七日に始まり、そしてテストである同日までに勉強もしなくてはならない。だんだんと帰ってきたレポートには再提出が大半だった。私は嘆きながら、それらを片付けていく。きっとそれも、学生時代の良き思い出になるだろう。そして振り返って「あの頃に戻りたいなぁ」なんて思うのだ、きっと。

涼は海に行ったあの日と変わらず笑顔を絶やさないで励ましてくれた。「再提出は大変だけど思い出になるよ、きっとね」と。だから今そう思える自分がいる。きっと。きっと、あの男も、こんな他愛ない思い出が全てだったのだろう。もし私が目の前で同じように涼に死なれたら、私は同じ事をしているかもしれない。嘆いて、傷付いて、傷付けて、もういいってくらい泣いて、泣

いて、泣いて。自分を痛めつけてそれでも収まらない憤りと痛み。それらを繰り返して死ぬ日を願うかもしれない。誰かに分かち合って欲しくて誘拐・監禁をするかもしれない。

それを涼に話すと、

「人は自分の思いのままに生きられない時がある。それを補ってくれるのが大切な人なんだ。だからその人を失った時、自分に枷が嵌められないかもしれない。そんな時ある一つを思い出すんだ。大切な人は、自分を思っていてくれた人は、自分の何処を愛してくれたのかということ。この躰の何処を、愛してくれたのかということ。そしたらそこだけは、死んでまでその人を哀しませない為にも、其処だけは守ろうと思えるから。だから理沙も、僕が理沙の何処を愛しているか見抜いて。そして覚えていて。微かでもいいから。僕も理沙が何処を愛してくれてるか留めるから。そして気づくことに、そのまま委ねて生きていけばいいんだよ」

そう話してくれた。私はその時、涙が止まらなかった。どうしても止める術を持っていなかった。そしたら涼は優しくその涙を拭ってくれる。そして、

「大丈夫だよ。僕は理沙が僕を好きだと言ってくれる限り、自分を守り抜くから」

と言ってくれる。むざむざと死なない。大事な人を哀しませたくないから。私はその言葉を胸の奥に刻み込んだ。

そして九月。あと一週間で夏休みが終わる。でも終わってもあまり変わったところはない。二週間に一度しかスクーリングはないし、テストも九月を過ぎれば、次はもう来年の二月だ。涼とも相変わらずの関係を続けていくだろうし、信ともだ。メル友は私がいなくても自分の道を歩むだろうし、友達は受験で忙しくなる。私はそれを見守るだけ。

私は夏休みの自分を振り返ってみた。カレンダーの黒いバツ印を見る。色々なことがあった。出版社の大村さんにメールを送り、小説も読んでもらった。信からメールが来て一度だけ会って、告白されて生涯の友達になった。夏祭りに行って自分の思いや考え方をまざまざと知り、小説を書こうと思った。パソコンが壊れて嘆いて、信に励まされた。コスモの夏祭りに行って再度、小説を書こうと思った。レポートを急いで終わらせ出しに行った帰り誘拐された。初めて人の死を見た。そしてパソコンが帰ってきてワープロがなくノジマに行ったら高田さんがホモだと判明した。出版社からメールが届き、浮かれていたら涼からもメールが届いた。会ってみて、好きだと思って、初めての恋をした。そしてそれは愛に変わった。そしてメル友は自分の夢に歩みだし、私も小説を書いて自分の夢に歩みだした。

ワープロが帰ってきてから、私は密かに小説を書いていた。タイトルは『delusions』。妄想という意味だ。主人公の女の子が妄想をしながらもそこから色々な事に気づき、成長していくストーリーだった。涼に送ってもらった『今宵、月の下に』も、あと少しで完成する。痛い結末だが書きたくてうずうずしている。

ダイエットは相変わらず続けている。「日記」も相変わらず続けていた。これからは涼のことばかりが飛び出すだろう。そしてテストの愚痴や点数、追試のことなどが盛りだくさん書かれるに違いない。私はそれを思って何処か人事のように笑った。

「理沙、行くよ」

「うん」

今日は、いつもと違うスーパーに行く予定だった。午前八時五十分。卵が一パック六八円でアクエリアスとお茶が一箱税込み七〇〇円だった。ティッシュが五個パック税込み二〇〇円。「一五〇枚入りだからちょっと少ないのよね」とママはぼやいていたが、今の時期は二〇〇枚入り二六〇円でも安い方なのだそうだ。私はそれを車の中でばあちゃんと聞きながら明日、明後日、明々後日のことを考える。もうすぐ夏が終わる。そして今の自分に踏ん切りがつく。

「着いたよ」

そこはもう人込みだった。中に入ると冷房が効いてて涼しく、それに酔う。私もカートを持ちながら、入り口前に置いてあった清涼飲料水とお茶の箱を二箱ずつ積む。ママは先に行ってしまった。積んでいる際、「こんなとこにいんなよ。邪魔くせぇなぁ」とオジさんに言われたものだから、「うるせぇ、くそじじい」と言い返してやった。まさか言い返されると思ってなかったのだろう、オジさんは少し腰が引けながら歩いていく。

——変わった。それがいい方か悪い方か。それは、私だけが分かること。その後、買い物を終え、荷物を四苦八苦してエレベーターまで持っていき、上がると自分の部屋で一息ついた。そしてやがて訪れる新学期に思いを馳せて、私はお気に入りの赤いベッドの赤い布団に包まれて、そのまま深い眠りについた。

あとがき

読み終えている方、此処から読まれている方、初めまして、愛羅ゆうやです。

この度はこの本をお手に取って頂き、本当にありがとうございます。

この本を書いた当初は十七歳でした。本編の主人公同様、通信制高校二年のただの十七歳でした。

私が辿ってきた道は、本編同様、多少デコボコのある、先の見えない暗闇でした。イジメというのも、くくるのもおこがましいのですが、そんな体験をしたり――してきました。

決断に迷いがあったり、その迷いを断ち切って進んだ道にも後悔したり。

でも今は、だからこそ、この本が書けたのだと、色々なコトを経験できたのだと思っています。

確かに、今でも後悔することは度々あります。

「あの時はこうすれば良かった」「ああ、死ねば良かったんだ」と。

私は、誰にでも自分を「表現する場」というモノがあると思っています。

それは、私のように小説だったり作詞だったり詩だったり、私とはまた違う絵画だったり歌だったり楽器だったり、色々。

そんな「表現する場」を、誰もが必ず持っているものだと信じています。

でも、それを見つけるのは、多分容易ではありません。

其処に行き着くまでには、色々な挫折や困難が待ち受けていると思います。

だからせめて、こんなに拙い私ですが、その「表現する場」が未だ見つからない人、失くしてしまった人が、私のこの本で、またこれから綴ってゆく本で癒されたり、誰かの「表現する場」を見つけるきっかけになったらなぁと思います。そうなったら倖いです。

「あの時はこうすれば良かった」「ああ、死ねば良かったんだ」と、今でも思うこともあります。でもこの後悔や痛みが今の私に繋がったのだと思えば、ほら、――愛しいなって。

私が「表現する場」を見つけたのは、通信制高校に入ってからでした。それまではずっと、「誰も自分のコトを理解してくれる人なんていないんだ」「分かってもらえないんだ」と嘆いてばかりでした。たとえ現れたとしても、「どうせ他人のお前に、何が分かるんだ」と反発していました。

そんな時でした。今絶大な人気を集めている漫画『最遊記』に出会ったのは。

『西遊記』のパロディーなのですが、登場人物をはじめ、その生き様や、だからこそ溢れ出てくる言葉が、私の胸にグサリッと刺さりました。

生きるというコトはこうゆうコトなんだ、と思い知らされました。

今回のこの本にも、Delusionsの項でパロディーとして出てきたり、色々な場面で、特に刺激のある箇所で引用させてもらっています。もし『最遊記』及び峰倉かずや先生の存在がなかったら、今の私はいないだろう、と幼い心ながらにも思います。

この場を借りてお礼申し上げます。

本当にありがとうございました。そしてこれからも、その類まれなる筆力で私に生きる糧を下さい。

そして、もう一つ影響を受けた漫画があります。

『フルーツバスケット』という少女漫画です。

十二支の呪いをそれぞれ受け持った者達が、一人の少女と出会い成長していくというお話です。

この作品の中の言葉やそこから溢れる優しさに何度となく救われました。理沙が見ている夢のシーンも『フルーツバスケット』に影響を受けてのことです。

ありがとうございました。そしてこれからも、どうか私に優しさと救いを下さい。

そしてもう一つ。

この本には数々の友人達が仮名で登場しています。

その方達にも、もしこの本を手に取って頂けるならこの場を借りて。

今まで私の面倒を見てくれて本当にありがとう。そして、これからもよろしくね。

……何だか、彼女達は本編だけ読んで、あとがきなど破り捨てる様が手に取るように分かるのですが（笑）。

そしてそしてもう一つ。私信で申し訳ないです。

S・Yちゃん。八枚にも渡る感想の手紙、ありがとう。本当に嬉しかったです。

私はこんなにも素敵な友人達に恵まれているのだと、再確認しました。

そしてそしてそして最後に。皆様に。

倖せというモノはとても曖昧で分かりづらい。だからこそ求めるものなのだと思います。

この主人公もきっと、倖せというモノを模索しているに違いありません。

理沙に倖あれ。そして皆様にも。

「こんな私から……」と謙遜する気持ちもあるのですが、皆様がこれから歩んでゆく道にも、どうかどうか倖あらんことを願っています。

二〇〇四年四月一日

愛羅ゆうや　拝

著者プロフィール

愛羅 ゆうや（あいら ゆうや）

1986年、神奈川県生まれ。
2001年、私立高校入学。翌年1月に退学。
現在は通信制高校在学中。
目立った特技もなく平凡に、でもある意味非凡に生きている。
「どうかこの作品が貴方、貴女の心に生き続けますように——」
と祈りつつ、「そういうお前ががんばりなさいな」という日々を
過ごしている。

理想と妄想と現実と 燃えよ乙女のDelusions

2004年7月15日 初版第1刷発行
2004年10月15日 初版第2刷発行

著　者 愛羅 ゆうや
発行者 瓜谷 綱延
発行所 株式会社文芸社
〒160-0022 東京都新宿区新宿1－10－1
電話 03-5369-3060（編集）
03-5369-2299（販売）

印刷所 株式会社平河工業社

ISBN4-8355-7631-4 C0093